睿乘密码

RUI CHENG
MI MA

刘义军 / 著

中国文联出版社

图书在版编目（CIP）数据

睿乘密码 / 刘义军著 . -- 北京：中国文联出版社，
2024.4
ISBN 978 - 7 - 5190 - 5487 - 8

Ⅰ.①睿… Ⅱ.①刘… Ⅲ.①幻想小说—中国—当代
Ⅳ.①I247.5

中国国家版本馆 CIP 数据核字（2024）第 081821 号

著　　者　刘义军
责任编辑　王　斐
责任校对　李佳莹
装帧设计　中联华文

出版发行　中国文联出版社
地　　址　北京市朝阳区农展馆南里 10 号　　　　邮编　100125
电　　话　010 - 85923025（发行部）　　　　85923091（总编室）
经　　销　全国新华书店等
印　　刷　三河市华东印刷有限公司

开　　本　710 毫米×1000 毫米　　　1/16
印　　张　15
字　　数　171 千字
版　　次　2024 年 4 月第 1 版第 1 次印刷
定　　价　78.00 元

脑机接口、脑网互联及记忆的读取、植入和删除，都已经成为现实。

　　社会的发展肯定会形成新的社会秩序、科技道德、新伦理等，智慧社会已经向我们走来。科技集团国家化是这个时代的特征，而背后的黑暗，却无人知晓……

●●●●●● 目录

1. 斯德哥尔摩

斯德哥尔摩市政大厅内的演讲接近尾声。

"结束前，我想再谈一点脑科学。人类的大脑是最后一个需要我们了解的器官，这个器官是人类所有器官和组织的指挥官，又是双维世界的转换官，大脑决定了人类的未来。我们需要经过对脑科学的不断探索与掌控，才能决定未来的样式，探知未来的发展走向。脑科学的发展需要一个计划，这个计划的成功实施，将是全人类的福祉。

"最后，我想真诚地告知各位，古代 H 国的《黄帝内经》开启了人类各器官的探索与辩证之途，并取得了非常辉煌的成就。这是农业社会的巨大科技进步与成就。《黄帝内经》也在脑科学上有所探索，但这些探索对脑科学而言仅仅是开始，仅为对脑器官病痛的诊断与医治。这当然远远不够。

"在后工业社会的智能时代，对脑科学的深入研究，将使我们可以用 20 年的时间，取得远超工业革命以来的 200 多年发展成果的成就。未来 10 年，在物理理论及数学、化学等各个学科领域，将有重大的颠覆性的理论及成果不断出现，并引领科技发展的方向，将人类的生活水平迅速提升到一个新的阶段。当然，这也将包括推动政体及全球化的新进步，或许洲政、洲治是未来几年的新趋势。

"由衷感谢在脑科学探索、研究、应用中做出努力的朋友们、同行们，感谢家人及公司对我的鼓励和支持，并感谢各位来宾共同分享我获奖的喜悦!"

凯瑟琳讲完，笑着向会场的嘉宾深深鞠了一躬。

诺贝尔奖颁奖主持人希曼：

"感谢凯瑟琳小姐的获奖感言，一年一度的诺贝尔奖，也因您而精彩! 让我们用热烈的掌声欢送凯瑟琳小姐。同时，也请出今晚诺贝尔物理学奖得主……"

凯瑟琳向会场挥手致意后走向后台，她的助理安娜迎了上来："凯瑟琳小姐，一位 H 国来的刘先生，想和您交流一下，这个不在我们今天的活动计划中，您看我是把他拒绝了还是……?"

"这样吧，我们去凯罗琳斯卡研究所，在路上我和他聊聊吧。刘先生我以前见过一面，既是我们的同行，也是未来的竞争对手。多一些了解，这也许是个很好的时机。"

凯瑟琳说完，把演讲手稿交给安娜，向市政大厅门口走去。

在市政大厅门外，穿着西装的刘博向前走了两步，抬手与凯瑟琳握手："首先祝贺您获奖! 这是个载入历史的时刻，我在新闻端同步看了您的获奖感言演讲，非常精彩，非常棒!"

话说到最后，刘博用力地握了握凯瑟琳的手，以示祝贺。

"感谢刘先生的祝贺，虽然这一届的生物及医学奖由我获得，但真正该获奖的，是我们整个脑科学团队的研究成员，只不过由我代为领奖罢了。"

凯瑟琳谦虚地说道。同时，凯瑟琳从获奖的喜悦中冷静下来，又恢复到集团技术官的角色，谈了起来。

三个人一上车，关了车门，凯瑟琳就问刘博："刘先生，我可以问您一个问题吗？"

刘博没有迟疑："您请讲，我知无不言，言无不尽！"

凯瑟琳审视了一下刘博："那我就问了？"

凯瑟琳眨着狡黠的眼睛，"如果是您研究所的课题涉及国家机密呢？"

刘博笑了："知道还问？哈哈。"

笑声一停，"不过，我刚才说了，我知无不言。如果涉及国家机密，我们就从科研的学术角度来谈，这样既能保证科技的国界，又能兑现我刚才的承诺。"

刘博说完，拿起商务车桌上的咖啡喝了一口，"咖啡不错，看来凯瑟琳小姐也是'瘾君子'。"

凯瑟琳轻轻地笑了起来，"刘先生说话很幽默，还是和我们上次见面时一样，和您聊天肯定是愉快的。即使是枯燥的学术问题，在您的语言组织能力下，也变成了轻语欢歌。"

恭维刘博之后，凯瑟琳又接上刚才的话题："我们脑科学引发的脑科技已有盛行的趋势，据我所知，E国的'万神殿'计划成果显著，已经进入了第二阶段。对此，您怎么看？"

刘博和凯瑟琳对视了一眼，"E国的'万神殿'计划，名为万神，却集万神于一人，这是集权式的，更是集智式的。集顶尖智慧于一人，一个权力的金字塔尖，这是一个理想的模式，却也更加愚民！'智者睿也，弱者愚也'，这是H国的古话。但反过来讲，也只有让高智慧普及，形成广智，才是未来之道。"

"刘先生这么说，是不是象征着您的国家，走的是广智的路径?"

凯瑟琳若无其事地问，其实她最关心的是这个问题。毕竟 E 国的"万神殿"计划众人皆知，E 国的强人、强权、强智就是"万神殿"计划第一阶段的成果。而刘博代表的国家，一直如深潭之水，表面上风平浪静。凯瑟琳感兴趣的，恰恰就在这里。越是风平浪静，越有平地起惊雷的震撼。

刘博笑了笑，"凯瑟琳小姐，从我掌握的资料来看，我的国家确实在走广智的路径。您也应该明白，我们同 E 国是完全不同的。比如，U 洲的'三明治'计划，您公司的'脑联'计划，我的国家的'睿乘计划'。从目前的发展来看，E 国的最早见到成效，也令我们感到紧迫，甚至让我们的计划负责人感到焦虑。"

凯瑟琳一愣神，刘博把球踢回来，问题变成了讨论。话题并不重要，却又让凯瑟琳更想一探究竟。

"刘先生，U 洲的'三明治'计划，我略知一二。上次在 AO 国召开的国际脑联研讨会上，U 洲'三明治'计划研发者的发言，让我略知了一二。当时您也在场，这些都是公开的。虽然我们各自的信息部门会搜集彼此的科研成果和进展，但也仅仅是为了用彼此的脑科研路线来验证与修正各自的技术路径。我这样说，对吧?"

凯瑟琳讲完，眼神直盯着刘博，希望看到刘博眼神中飘忽的地方。

刘博直接说道："是的。道不同，不相为谋的时代一去不复返了。道不同，与之谋也。这就是我们当下的国际环境。"

刘博说完，商务车恰好一个拐弯，侧倾让刘博的右手握住车窗上的把手。

"您看，就如我们乘车，当车子转弯时，您的身体会倒向相反的方向。研究脑科学与脑联，也是如此，大家都在一个方向上，肯定有好有坏。研究方向如同开车，一个转弯，才能打开一个新的突破点，才能让人改变方向，也能让睿智的人，一直把握方向。这也是我们今天谈的一个核心。"

刘博说完，看了一眼凯瑟琳，端正地坐直身子，"我们做一个分析，或许对我们都有用。"

凯瑟琳眼睛一亮："您说说看！"刘博略微思考："我认为在脑科学、脑联网应用呈现的四个计划，各有优势。但真正做到从实验室走向市场化的，却只有你们公司。凯瑟琳小姐，您的研究成果市场化，确实走在了各国的前面，这也是我向您祝贺的原因。不过，我感觉尚有不足。"

刘博说完，紧盯着凯瑟琳。

凯瑟琳眼中有一点惊慌的神色一晃而过，"每个技术都会有不足，难道你们的研究在各个方面都十全十美？"

"我们的研究也不是十全十美，但恰好符合我国的国情，正所谓有所为有所不为。有所为呢，就是我们的科研，特别是尖端科技，一定紧跟国际研究趋势，讲后发制人。有所为也是为了确保国家和人民的利益，这是必须要做好的。"

刘博说完，神情坚定地看着凯瑟琳。

凯瑟琳迎着刘博的目光，"那么，什么是有所不为呢？"

刘博继续盯着凯瑟琳的眼睛，"站在脑联技术从实验室走向市场的角度来讲，我国就是有所不为。脑联网技术的市场化，的确给您所在的公司带来巨额的暴利，您公司产品的多层化、多元化，也让您公司的产品在国际市场赢得满堂喝彩。但您想过没有，多元化、多层化的产品在通吃市场的前提下，会给世界带来什么样的后果?"

凯瑟琳一脸沉思，过了一会儿说："我只是负责技术研究，至于市场的问题，由我公司副总裁克里负责，至于您说的多元化、多层化的产品线问题，则由公司战略部总裁奥马负责。我的职责是对脑联的关键技术进行实验验证，而不是去考虑市场，以及市场产品引发的民族、国家层面的问题。"

"是吗?"

刘博看了凯瑟琳一眼。

"是的，我们研究人员的职责就是技术攻关，至于解决完关键点以后的问题，我个人关注得相对很少。真的很抱歉。"

"凯瑟琳小姐，或许您是公司的雇员，而公司又提供给您一个顶尖的实验室以及很优厚的待遇，可以让您心无旁骛地做您的尖端研究。您也凭借在脑科学上的重大突破，从而获得诺奖。但是，您考虑过没有，或者说您心中有没有想过'科技道德'这个事情呢?"

"科技道德?"

凯瑟琳一头雾水地看着刘博。

"是的，科技道德! 一如您的获奖感言提到的《黄帝内经》是农业社会的顶尖科学一样。很多著名的经典都是农业社会的行为道德书，也是农业社会的道德标准，这些道德标准都为社会的稳定、国民素质的提高，做出了巨大的贡献。这也是教会治理国家到政教合一的历史。从教会成为社会团体的那一刻起，教会的历史使命接近完成。随着信息化、智能化时代的开启，科技特别是尖端科技的杀伤威力远不是农业社会的冷兵器可以比拟的。所以说，新时代的道德标准，应该是科技道德。因为普通人的道德标准还处在农业社会的时代，这个与国民素质相适应。但是在科技界，特别是尖端科技本身又是一个社会的核武器，可能给全球带来毁灭性的冲击。如果科学家没有科技道德，地球将会怎样?"

刘博最后改了一句名言，却恰如其分地把科技道德的必要性和对科技发展的担忧都说得深刻而又直白。

凯瑟琳真诚地看着刘博，"刘先生是未雨绸缪啊。现在科学界一直在讨论我们这个时代及未来的道德框架，也是把科研人员的道德水平置于一个新的高度。但这些并不是我们的强项，毕竟创立与完成的，都是伟大的思想家。而思想家又是哲学家，他们既可以理性，又可以感性，对社会发展观察力惊人，而他们更有动手解决的能力。我们这类科学家，反而是纯理性的，更像一个书呆子。所以，科技道德对于我们仅仅是一个意识，却没有可以约束日常行为习惯及生老病死等重大问题的行动指导。所以我们也茫然! 特别是最近，我也发现我公司的产品有一些……"

凯瑟琳的话还没说完，安娜在副驾驶对凯瑟琳说："凯瑟琳小姐，我们马上到凯罗琳斯卡研究所了。您看您现在的晚礼服需不需要换上工装?"

"好的，在凯罗琳斯卡研究所要穿西装的，颁奖典礼的晚礼服已经完成了任务。谢谢您的提醒。"

凯瑟琳对安娜说完，又转向刘博，"刘先生，我想我们的谈话到此结束吧，因为我一会儿要演讲，现在需要理一理管理思路。颁奖典礼上讲的都是客套话，都是讲给记者和大众听的，这个演讲简单。而一会儿要开始的演讲，面对的都是我们的同行，还有许多导师，他们对学术性要求很高。如果有时间，我们再聊，您看可以吗?"

"好的! 谢谢您在百忙之中和我聊了一路，这是科技之路、脑科学的未来之路。今年 9 月，在 H 国南海有一个脑科学的国际论坛，我想，在那里，我们还会见面的。再见!"

刘博与凯瑟琳握手道别，目送凯瑟琳走进凯罗琳斯卡研究所，随后打开信息端，准备观看凯瑟琳的学术演讲。

一身黑色职业装，衬托得凯瑟琳肤色洁白而又圣洁，显得干练又富有活力。毕竟凯瑟琳才 29 岁，正处于热情洋溢的青春年华。

此刻的凯瑟琳，正在讲台前讲述她的科研方向与科研思路。

"人的死亡是从大脑开始的，这是以前我们都忽略了的问题。从正常的生理机能来讲，大脑与身体器官是同寿命的。最近我的研究发现，有一小部分人的大脑寿命比身体器官要长久。身体器官的生命接近尾声，大脑的寿命也将终结，而大脑这时会有清醒的反应，这也就是临终遗言的由来。用 H 国古话讲，这就是回光返照。确实一部分人的大脑寿命远超身体器官的寿命，而这部分人的智慧和财富也是顶尖的。这部分人希望延长自己的寿命，或者说希望做到永生。虽然 20 世纪 20 年代已经做过类似实验，但因为当时的医疗科技水平尚有不足，致使实验结果不尽如人意。"

凯瑟琳讲完，抬头看了一眼台下的听众，大家都在期待她继续讲下去。

"我们人类目前的科技水平，做不到将人类的寿命人为地延长，更不可能做到永生。面对人类生理的现实，我们加大了脑科学的研究。一个人最大的财富不在物质，而在于其精神和思想。自古以来，没有一个巨额的财富可以传承到现在，最好的家族也不过延续几百年，犹如一个朝代的时间，最终会在历史中灰飞烟灭。而另一部分人，却在历史的长河中，依然闪亮至今。这些人，则以君主的明理、伟人至哲的思想，被后人铭记。历史表明，肉身可灭，思想永生。"

凯瑟琳的话，引起了听众的热烈掌声。

"我们在脑科学上又有新的突破，而这个突破，将使我们的社会发生惊人的、难以置信的、难以想象的质变。科技的发展会一日千里，科研成果将每 10 年就有一次颠覆性的突破与创新。因为我们现在可以做到，让一个诺奖得主变成一群诺奖得主的科学家。比如说，上一届诺奖物理奖得主，他的知识与思想，可以复制在一群物理学博士的脑中。经过适当的训练，这群物理学博士就具备了诺奖物理奖得主的物理水平。这样的思想复制，我们已经完成了产业化的前期工作，市场化的工作即将开始。"

这句话刚说完，演讲现场欢呼声与嘘声并响，形成了两个阵营。当然，这对凯瑟琳会有影响，但演讲还是要继续。

"我知道大家的嘘声代表什么。"

凯瑟琳叹了口气说，"但研究与社会都是向前发展的，犹如历史不会重写一样。在古代，你有钱可以买个官做，却买不来别人的思想，更不能在别人的思想上创新。而今天，用你成熟的心智和半专业能力，却可以在买来的思想上继续下去，站在巨人的肩膀上。现在已经发展到站在巨人的头脑上，让你成为真正的巨人！这就是现代科技、脑科学、脑网互联的今天和更广阔的未来……"

刘博一直在看凯瑟琳的演讲。从前面的演讲中，刘博也知道凯瑟琳的研究成果显著，对凯瑟琳公司的研究——大脑记忆的读取与删除技术达到了什么水平，还不能准确地预估。但从凯瑟琳的演讲中，可以知道凯瑟琳公司的产品即将进入市场，这会引发社会的大动荡，更会让人与人之间的智商水平相差越来越大。

资本的力量是无穷的，而当智力可以贩卖时，资本的力量是可以毁灭人类的！

刘博关掉信息端，伸手招辆车。

"去机场。"

"好的，先生。"

司机恭敬地答应道。

刘博坐稳后，车内的广播在播放凯瑟琳的演讲。

"您好，请您把广播关了可以吗？"

刘博轻声地说。

"为什么？这可是诺奖的生物及医学奖得主的演讲啊！"

司机感到十分惊讶。

刘博叹了口气，"唉，这个演讲我已经听过了，就是普通的获奖感言，没有什么新意。"

司机笑了笑，"是吗？这位诺奖得主的脑联科学这么伟大，估计我们的孩子都会受益。前几天我看到 NGL 科技集团的广告，说孩子从 3

岁开始，到 12 岁就完成硕士课程，这可是我们都想不到的。"

刘博对 NGL 科技集团也有了解，就是凯瑟琳所在的集团。NGL 科技集团一直是科技界特立独行的先锋，却又因为产品成为风行一时的风向标。NGL 科技集团是由马克创立的，他从创业之初的网络支付系统赚取第一桶金后，全部押宝电动汽车、火箭发射业务，都取得了巨大的成功，并成为全球首富。

马克又投资天链系统、脑机接口、脑联动系统，仅有一个马克就有这么多开创性的创新，又这么成功。马克，到底是什么人？

这个问题一直在刘博的心里打问号，连这个司机都希望孩子可以用 NGL 科技集团的脑联产品，这让孩子在用与不用之间会有天壤之别。

"确实，我们的孩子可以在学习的历程与智力的提升方面有极大的促进，但你想过没有？这个集团可以把产品卖给我们的孩子，肯定也会卖给别人的孩子。而且，我认为 NGL 科技集团不止有一种学习方法，卖给富人的孩子或者政客的孩子的脑系统或学习方法，肯定与给我们的孩子的不一样，只会让他们的孩子更优秀，他们更舍得花大价钱。"

刘博说完，又叹了一口气。因为 NGL 科技集团，让人与人之间的竞争真的变成弱肉强食。加快低智淘汰，会成为现实吗？

司机听完哈哈笑了，"我们普通人，能做到这一点已经很厉害了，太多的钱也付不起，但孩子在 12 岁就硕士毕业，我们还担心什么？至于那些富豪和官员，本身就比我们强很多，他们也需要我们。他们的孩子，也需要我们的孩子。这个道理对吧？"

"这个道理，你说得对。只是阶级之间更加固化了，而且脑联系统后续有没有问题，有没有潜在的风险，政府也没有给予回复。"

因为 NGL 科技集团的产品进入市场前，都需要所在国的卫生部门出具许可证。

司机一脸不屑地说："政府？政府现在仅仅相当于一个福利院，别的还有多少是说了算的？我们国家基本都是欧盟说了算。我看，你们国家，也将会引领亚洲，组建亚盟已经宣传了一年多了。只是不知道亚盟会不会比欧盟厉害。"

司机说完，不知是看不到亚盟的前景，还是等待人民对亚盟的质疑，看了看刘博。

刘博也明白，远在 U 洲的司机都知道亚盟即将成立的消息，看来亚盟的诞生也是板上钉钉了。

"亚盟的成立将会是继欧盟、美盟以后第三个洲治化的联盟，这对社会发展是好事。既能减少各国的政府工作人员，又能减少人民纳税并提高福利。而且军队的数量极大地压缩了，战争的风险降低了。和平的时期越来越多，这也是人民所期盼的。毕竟战争是让人无奈的，损失最大的还是人民。"

"您说得对，人民不管政府的形式，只希望平安健康。不过报道说非盟可能是最后一个，欧盟、美盟、亚盟发展得越快，非盟成立的可能性就越低。"

司机说的话，也中肯。历史就是这样的。从工业革命以来，U 洲一直是侵略方，前两次世界大战，也是 U 洲发动的。而洲治的创始者第一个发生在 U 洲，成为国际上第一个洲治联盟——欧盟。

"是啊，U 洲就是靠侵略亚洲、非洲、美洲而发财致富的，历史肯定是由他们来写的、美化的。"

刘博跟了一句。

"世界是多元的，从一国到多国到洲治，后期肯定走向大统一——国际联合政权，或者说成为联合国的加强版。到时候，我们都是一个联合政体的公民。非常感谢您，让我在去机场的路上充满了愉快。再见!"

2. S 市

22 楼的会议室内四季恒温。简洁的设计，令会议室犹如没有废话的议程一样。

秦大元是主任，自刘博昨晚从瑞典飞回 S 市，秦大元就想立刻召开会议。并不是因为刘博之行的收获，而是因为"睿乘计划"确实到了一个关口，需要部门内部进行统一的部署，进入开发的快车道。

"人都到齐了，今天我们开个会，主要有两个议题。"

秦大元扬了扬手里的文件夹，"第一个议题是国际通行研究的最新进展及问题；第二个议题就是'睿乘计划'的风险评估。我们先进行第一个议题，也是情报汇总，各人都可以说说各自了解到的情况。有谁先发言？"

这是秦大元的习惯，开会时让手下多发言，这样能在知道手下掌控多少资料的同时，更好地做总结发言。

"我先说说我这里了解的情况吧。"

刘博在秦大元左边坐着，他昨晚刚回来。其实出差对刘博来讲，反而像是在度假，没有感到疲惫，反而精力满满。

"这次 U 洲之行，收获是有，但不及我们预期的大。我首先去的欧盟智慧中心，拜访冯·杰克主任，与杰克交流了 U 洲的'三明治'计划。杰克主任比较开明，对脑系统有清醒的认识。他认为，U 洲脑系统以 EN 国、F 国和 D 国及其他国家组成了三个甲方。目前'三明治'计划的主体技术开发工作全部完成，已经从实验室走向了临床。后续推广前，EN 国、F 国和 D 国及其他国家再完成本国的优化，打造本国的版本，这就是 U 洲的'三明治'计划。"

刘博说完，站了起来，先去调了杯咖啡，然后又走回来，说："从杰克的介绍来看，U 洲的'三明治'计划主体是不会有问题的，就看三个甲方怎么去做本国化的版本。这才是我们后期需要关注的。"

刘博坐下，看了看秦大元。

秦大元没有急于表态，毕竟自己是他们的领导。秦大元看向李睿，李睿放下笔，看着刘博："刘副主任，我想问个问题，既然你说杰克的'三明治'计划主体没有问题，你关注或者说担心后续各国的版本。比如说 EN 国是说英语的，版本可能会向 MT 国靠拢；而 F 国和 D 国的则真的成了 U 洲的最优标准；其他国家的版本将会是'三明治'计划中改版最少的。我可以这样理解吗?"

"是的，你说的就是目前我们掌握的情况的最好注解。U 洲称之为'三明治'计划，而我们则可以用'一树三花'来形容 U 洲的脑联系统。"

刘博说完后，喝了口咖啡，又看向秦大元。

"秦主任，从目前的情况来看，U 洲的'三明治'计划，没有黑暗料理。或者说目前是没有黑暗料理的，后期各国做微调，或许会加黑暗料理。"

"黑暗料理"，是刘博与李睿对不明前途的设置的称呼。刚开始，大家对这个词不感冒，后来也慢慢接受了。黑暗料理本意为脑联系统的黑客软件，在初期没有明显的问题，只能检测有程序痕迹，却没有看到这个程序能带来的危害。

秦大元吸了口烟，手指转向烟灰缸弹了一下，"刘博用'一树三花'来形容U洲的'三明治'计划倒是非常妥帖，既然"树"没有黑暗料理，那就过段时间，多关注"花"的具体情况。现在脑联系统在国际上影响力很大，特别是NGL科技集团，他们的第一代产品，预计在本月底上市。刘博你在诺奖颁奖期间，与凯瑟琳的谈话，有没有收获？"

"没有，凯瑟琳给我的感觉是一位非常年轻的'老学究'，她只会做研究，或者说她只是在公司的要求下，做专业的定向研究。另外，通过她的言谈，我感觉她的助理安娜，像是NGL科技集团派来监视凯瑟琳的人。凯瑟琳在演讲中说，大脑既是人体器官的指挥官，又是二维世界的转换官，这一点，我目前尚不明白。另外，我感觉除了凯瑟琳之外，NGL科技集团的其他研发团队应该更多。从这点推测，预计她在集团产品上市后，可以看出点什么来。"

刘博想了一会儿，又说，"今年9月在南海有一个脑联系统的国际论坛，到时我再找凯瑟琳聊聊。毕竟，得了诺奖之后，我估计也让NGL科技集团的产品可以卖个好的价钱。真是一石三鸟啊。在回国的飞机上，我在想，会不会有猫腻？"

刘博说完看了看秦大元，又看了看李睿，最后看了田静一眼。

"美女，都说女人的直觉永远是对的，你怎么看凯瑟琳的诺奖与NGL科技集团产品上市日期特别近这件事？"

田静撇撇嘴："女人的直觉只用在她关注的男人身上，对这样的事情，直觉并不起什么作用。你还是断了这个想法吧。"

秦大元笑了，"刘博，你的怀疑的确是不着边际，有些大胆。但，我们仔细分析，诺奖怎么就不会有猫腻？诺奖是西方价值观体系下的产物，也是资本主义意识形态的产物。你看看 MT 国历任总统，有几个不得诺贝尔和平奖的？这是什么原因？我们明白，全世界也都明白。既然大家都明白这个道理，作为全球最大的科技集团，NGL 科技集团有能力决定一个奖项由谁来获奖，应该没问题吧？"

"是非有两面。"

李睿接上话，而且李睿的表情有点严肃，"从诺奖生物及医学奖的祝奖词来看，凯瑟琳的研究及其成果的确可以拿到诺奖。本身我也是脑科学技术口的，对脑科学的几种研究路径也熟悉，特别是凯瑟琳的脑机、脑联、脑控三合一理论及应用，都是很棒的。当然，诺奖的影响力大，但不能说诺奖没有瑕疵，世界上哪有完美的事物呢？我们可以进行科学区分，但千万不要在心底的阴暗处评论别人。刘副主任，是不是看凯瑟琳这样年轻的美女得诺奖，心里是羡慕嫉妒恨啊！"

说完最后一句，李睿反而幸灾乐祸地笑了起来。

刘博心理素质好，哪会因一两句话而有情绪，反而有了斗志。"我们今天是开会，什么是会议，你懂吗？李大呆子！我只不过是想通过诺奖和凯瑟琳的谈话，说 NGL 科技集团的问题，你急什么？凯瑟琳是老学究，你是大呆子，你们俩挺般配啊？"

这句说笑话，是调侃，但李睿的脸腾的一下就红了，宛如秋天的大苹果。

秦大元一看要坏事，李睿脸皮薄，经不住这样的话，特别是看到田静在偷笑，先瞪了她一眼，马上说："你俩再斗嘴，去卫生间站半个小时。这是开会，不是调情会。说回重点，凯瑟琳的学术肯定没有问题，这是无可置疑的。我们再等等看，NGL 科技集团的产品上市后，会揭开一些谜底。现在我们对这两个竞争对手比较熟悉，那么 E 国的'万神殿'计划，了解到什么程度了？"

"'万神殿'计划的资料还没有转过来，因为我们成立的时间不长，我对接的部门多，估计还要等等。如果有必要，我去 E 国一趟，毕竟'万神殿'计划实施的时间长，资料肯定多。至于实施到了什么程度，我们看他们的总统，就明白了。"

刘博与"万神殿"计划的负责人有两面之缘，上次学术研讨会后，两瓶伏特加，让两人成了莫逆之交。

"也好，会议后安排好工作，可以去一趟，多交流，也算是取长补短吧。"

秦大元说完，用手指敲了敲会议桌，话题已经换了。

"国际上三个同行走在了我们的前面，先说'万神殿'计划。'万神殿'计划始于 20 世纪 50 年代，至今有 80 多年的历史。应该说，论脑科学的积淀，'万神殿'是最成功的，或者说'万神殿'计划用的是脑科学服务于高层极少人的成功案例。U 洲'三明治'计划起步相对晚一些，但'三明治'计划集合了 U 洲脑科学天才，'一树三花'的形成，让他们的工作集中在大树的主体上，见效快。大树一成，花就简单了。'三明治'计划是工业 6.0 实施后，面对大量短缺的中低层人群技术人才的专业化升级方案而做的。NGL 科技集团则不同，别的都是政

府在推进，而 NGL 科技集团则是企业在推进。虽然这是由于体制上的

府在推进，而 NGL 科技集团则是企业在推进。虽然这是由于体制上的
不同，但后面的背景就更多了。"

秦大元一抬手，把视频资料逐一做介绍："NGL 科技集团在脑机接
口研究中用大量的猴子、猪做前期试验，取得了部分成功以后，再去非
洲和中东开设分公司，由分公司在所在地用人开展脑系统试验。随着试
验出现问题，遭到当地人的强烈反对，但当地政府出面帮 NGL 科技集
团解决了。这里面肯定有不可告人的因素。"

秦大元介绍完其他三个同行的资料，又开始新的发言，"我国在脑
科学上起步最早！大家都知道《黄帝内经》，它不仅仅是医书，记载阴
阳、五行、君臣佐使及脑部疾病的诊治，更是我们领先欧美的证据，而
且领先的时间以千年为单位。自工业革命以来，随着欧美的机电一体化
创新越来越快，特别是在 AI 方面的长足发展，这方面我们还要奋起
直追。"

秦大元莫名地笑了笑，"不过，他们的先知先觉，也有不对的时
候。比如说《奇点理论》，MT 国人预言人工智能将在 2045 年超越人
类。现在离这个时间还有几年。从目前的人工智能发展来看，的确可以
超越一部分低智的人，但也是为了更好地为人类社会服务。"

秦大元说完，在会议室围着会议桌来回走了几步，又停在他的座椅
后面，用手扶着椅背，看了一遍今天的参会者。

"请你们记住，在奇点临近的这个预测上，MT 国人错了！人工智
能仅仅是辅助，今后也是这个角色，永远都不会超越人类！特别是
'万神殿'计划、'三明治'计划、'TSL 计划'、'睿乘计划'的实施
应用，会把人的大脑利用率从 5% 左右，逐步提升到 16% 的水平。估计

19

这个过程需要 15 到 20 年的时间，而且是分步骤完成的。这四个计划的实施，已经宣布奇点的预言失败了。"

秦大元停了停，意味深长地叹了口气，"唉，光说他们的事情，再说说他们的路径。他们的这个计划，无一例外地用到纳米传感机器人、脑机转换器、脑联系统。通过全面地与全脑皮层、星形细胞接触、感知、刺激，来达到增智、开智的目的，这样的方式简单粗暴。特别是脑联实时工作状态，后期的安全隐患，也将是他们始料未及的。"

秦大元坐回到椅子上接着说，"我们这个团队组建时间比他们晚，而且技术路线略有不同。创新一定有轨迹，这是我们国家的传统。比如说祖先发明的罗盘、指南针，演进到现在的天斗导航系统。从火药、炸药到核武器，这就是创新轨迹。

"四大发明中的印刷术，尤为如此。从雕版印刷到活字印刷，再到激光照排印刷，等等，我们想创新，想超越他们，就有一千种方法！"

秦大元讲到动情处，又站了起来。

"秦主任，你不是吹牛吧？我们怎么会有一千种方法超越他们？我们只要一到两种方法就可以。真要有一千种方法，我们的人及资源也不够啊！"

刘博狡猾地笑着反问，这是有意给秦大元泼水。

秦大元瞪了刘博一眼："纠正一下，我们的'睿乘计划'有别于其他三个计划的核心是普智，一如 20 世纪 60 年代的扫盲运动。在当时，欧美等国家的教育水平已经很高了，好在我们也很快提高了很多，单就科技人员的数量与水平而言，大抵可以与欧美持平。欧美自工业革命后一直领先世界，其他国家追上来的时候，最好的办法肯定是找更好的方法再度领先，这就是他们三个计划的由来。特别是 NGL 科技集团的'TSL 计划'，可以说是简单粗暴，但见效快，效果好。"

秦大元看了看资料，"同志们，'TSL 计划'如果完全实施，确实又是一次技术革命，可以说这就是人类的第二次技术革命，或者称之为第一次智力革命！历史上第一次、第二次工业革命是以个人的发明创造推进的，但起点低。第三次、第四次工业革命成为国家科技逐力、较力的展示。而第六次技术革命或者说第一次智力革命，却是由 NGL 科技集团一力撑起的。这确实有些不可思议，但它就是这样真真切切地发生着，改变着。"

会议室里鸦雀无声，大家都被秦大元的宏观描述震撼了，也在考虑新工作的挑战性。

"通过脑机接口与脑联网系统，逐步实现人类智慧延续与升华，让后人站在前人的思想智慧上更进一步！这样的方式，可以使人类的大脑利用率从 5% 左右上升到 7%，甚至 16% 以上，让人的智慧可以永生，可以延续。"

秦大元拿起水杯，喝了口水，"什么是传承？这就是传承，这种传承既有家族传统，也可以借用外智。这种传承开启了传承的无缝延续与升华，与我们传统的传承可谓天地之别。我们传统的传承是自幼开始学习，而且小时候的学习是囫囵吞枣式的，更导致传承的过程中效果差。'TSL 计划'则解决了这个弊端，如果说传统的传承采用的是智慧 1+1 的方式，那么'TSL 计划'的传承则是按照 1×2、2×2、4×4、16×16 的方式进行的。进行快速的，甚至是几何级智慧跃升，你们想过后果吗？"

"想过，NGL 科技集团肯定会把客户首先放在物理学家、化学家、数学家的学生、团队上，这样可以加大 MT 国在高科技领域，特别是军事及科研领域的领先优势，为 MT 国的全球霸权注入新的势能。"

李睿接话的速度很快，有点义愤的感觉。

刘博笑了起来："书呆子会抢答了！这是好事情，我感觉还是让田静讲一讲。田静由于工作的关系，全局观会好一些。"

李睿反击了："就会和美女套近乎，你说你的看法有什么不同。不要等别人讲完了，给你留思考的时间，显得你有多能似的。"

李睿也是一个睚眦必报的主，虽然年龄比刘博大三岁，但作为一个技术宅男，显得有点偏激。

刘博看也没看李睿，"我想到的后果很多，过会儿说出来让你开开眼，亲爱的书呆子。田静，你说说你的看法，毕竟，女性的角度和我们的完全不同。"

"好吧。"

田静看了看会议记录本上的几个标注，"我认为的后果可能和你们的不一致，'TSL 计划'是一个集成计划，不论它在非洲还是中东的分公司，给我们的都是巨大的担忧。我们都知道，非洲的经济和科技不发达，而中东则是各种势力的较力场。NGL 科技集团是为了赚钱吗？我认为不是。"

田静把视频在会议室投影机上逐一放完，虽然视频不长，但不可否认，NGL 科技集团显然是隐藏了很多意图，并且是严加保密的。

"我担心的是，"

田静的声音沉了下来，"NGL 科技集团与中东的恐怖组织勾结。通过 NGL 科技集团的脑科学设备，可以迅速地提升恐怖组织的战斗力。大家都记得历史上的'911'事件吧，如果恐怖组织有了智慧力的加持，中东或者世界的其他地区会出现什么情况？特别是中东 EN 国，向来以输出革命为荣，在新教义的捆绑下，进行国人大范围的精神控制。在这种情况下，再有 NGL 科技集团的助力，世界的和平与安定的生活，我想会越来越远。"

田静说完，一脸的忧郁。

"田静，你还有什么担忧？"

秦大元问道。秦大元有很多想法，也有一部分与田静不谋而合，所以问得也着急。

"中东是一个隐患，但也是明显的。而 NGL 科技集团，布局非洲，才是让我困惑与最担忧的。以前考古界说人类的祖先最早在非洲，现在各大洲的人都是从非洲迁移而来的。难道马克是在非洲出生，这是回母国报恩吗？我感觉不像，因为马克是一个科技利益至上的人。而他本身又有诸多传奇，难道非洲有更高的生命体或者造物主？"

田静的话一说完，大家都看着她。的确，NGL 科技集团的首席执行官马克的传奇人生人们都很熟悉，而这个熟悉，却是马克展示给外界的。真实的部分，应该说只有马克自己明白了。

"田静的分析条理清晰，这个问题田静必须跟进。这两个问题，也给我们提了个醒，我们要加快做好我们的研究，尽快完成收尾工作。现在我们多了一个任务，那就是等 NGL 科技集团的产品上市后，要做好分析工作，并为将来的不测做一些力所能及的准备工作。"

秦大元的这个工作指示表明他信任他的三个独当一面的副主任。他们三个都是各自领域的佼佼者，而且正处于风华正茂、年富力强的黄金年龄。

李睿年龄比刘博大三岁，是专家型技术男，具有脑科学与中医双博士后学位，刚结婚不久。

田静则是华大的高才生，博士毕业后接替导师成为华大脑科学领域最年轻的博导。

刘博则最为特殊，他从哈大脑电一体化博士毕业，不仅对脑科学有深入的研究，而且对超级生物电脑有相当多的研究成果。刘博性格外向，有时给人一种大大咧咧的印象，但其实对工作和生活都相当严谨。

"我说说我的看法。"

刘博站了起来，"刚才田静说得比较深，我谈浅一点的。只有浅的一方面出来了，我们才能看清楚后面深一层的黑暗面。NGL 科技集团的脑联产品下个月上市，一定会有巨大的市场，而市场会让 NGL 科技集团获得暴利。它们的产品有两个市场，一个是传承人的普通人市场，也就是父传子、父传女或者母传子、母传女这样的家族传承方式。我估计这个市场也是它们的低端产品市场，客户数量也是数以亿计。

"另外一种是售卖专业的、思想水平极高的外脑智慧版。这个肯定会根据售卖的人的影响力和智慧水平来定售价，也可以根据购买人的购买能力和支付能力来定价的。我认为后一种方式肯定会引起社会上很大的舆论与道德批判，不过这就是商业资本社会的本质——逐利。"

刘博说完，坐回座位上，把剩下的咖啡一口喝完，然后略微皱了一下眉头，咖啡凉了，有点苦。

秦大元看着三位比赛一般将自己的意见表达完，知道到了他做总结的时间。

他用手指反过来敲了敲会议桌，这也是秦大元的习惯性动作。

"我们现在面临的是一个智力倍增的关口与风口，如果说资本主义的本质是人吃人，那么，我们马上面临的局面是，从财富差距到智力差距都在以难以想象的速度加大。

"未来，拥有顶尖思想与智慧，会成为一种荣耀，更是加快了人与人之间的智力淘汰。从财富的差距演变为智力的差距，随着智力与财富的叠加，顶层智慧将成为稀缺资源，更成了可复制的政权之源。"

秦大元停了下来，看了手下一圈后，意味深长地说，"人类精神财富的新起点，马上就要开启了，人世间从此一切都可以售卖！普通人终将平庸，绝无第二条路可走，因为顶级的思想智慧必定天价！普通人永远都买不起。就是因为你买不起，所以你终将一生平庸。而顶级终是顶级，思想智慧成为世袭，从此不会再变。"

秦大元叹息了一声。

"唉，算是杞人忧天。如果 NGL 科技集团的脑联系统上市，若干年后，电脑与人、信息与人高度结合。而信息是 NGL 科技集团特供的，我们人与电脑合二为一，还会有独立思想吗？统一式的心智，创新的意识没有了，而这类人就成了'机器人'。这是我们希望的未来吗？"

会议室里鸦雀无声，没有人接话，也没有人叹息或者感慨。因为这段话太沉重了，压得人喘不过气来。

脑联系统是未来，但我们需要什么样的脑联系统，这才是关键。而这个路径的选择，也是这个团队成立的主因。

我们还是要从自身创新开始，抄作业不是好的选择，但可以看透对方的路径。

秦大元见没人发言，也知道刚才的话说得重了。他拿起水杯喝了口水，便对田静说：

"小田，去给我倒杯水。刚才我把我的担忧说出来了，你们按部就班地做好目前的工作，不用太担心未来或许还不会发生的事。"

田静接过秦大元的水杯，在饮水机续上水，轻轻地放在秦大元的右手边，回自己座位坐好。

秦大元开始做工作安排及总结："中医是 H 国人最伟大的发明，中医通过望、闻、问、切来确定病情、病因，通过药理、阴阳、五行、君臣佐使来搭配药方，针对性地治疗疾病。直到今天，依然发挥着很好的作用。

"而西医则是从工业革命开始的，特别是从近代开始的西医充分体现了工业革命的特点，那就是对疾病诊断的自动化、智能化，治疗时则是化学品的调制化。西医是标准化的，中医则是经验化的，各有优缺点。

"我们这个'睿乘计划'则是中西结合的，与中医和西医的结合是一样的道理。中医的缺点在于望、闻、问、切的诊断经验不能标准化地传承，致使中医存在较大的误差。而西医诊断的标准化、智能化则恰恰解决了这个问题。所以讲，我们'睿乘计划'的脑机、脑联与其他三个计划相近，却又有不同。《黄帝内经》的作者是大圣人，对人体经脉、器官机理了如指掌，对大脑也有较深的研究。"

秦大元拿起手边的几份资料，"《黄帝内经》《药王全书》《伤寒论》中有关脑科学的部分，我都做了研究。特别是汉朝末年的华佗，不仅会制作使用麻醉药，更是能够开头颅，治疗头疼。这在那个时代背景下，是无法想象的，但古代的圣人们都做到了，同时也给了我们的工作很多启示。"

秦大元打开投影机，"这是我们工作的路线图，前期的工作进展顺利，你们三个团队的重点不一样，却都是整个前期工作的拼图。我们的'睿乘计划'虽然是四个计划中成立最晚的，恰恰也是可以取得后发制人效果的，和我国核计划的成功路径是一样的。我们在硬件方面和他们几乎同步，但我们的优势在于对脑科学，特别是对脑经脉、脑病理的研究，这些是他们望尘莫及的。"

随着秦大元的演讲，整个新的工作路径及工作分工也要他们三个团队开始新的加班，这已经是家常便饭了。

"我们的工作计划报给副总指挥后，最高领导人已经批复，完全同意我们的计划。让我们像20世纪60年代一样，上次是扫盲，这次是增智、强智。希望我们的计划，可以在未来的洲政、洲治中发挥巨大的作用。"

秦大元说完，又问，"你们还有想问的没有？"

"没有。"

"没有。"

"没有。"

刘博、李睿、田静回答道。

"好，有问题及时找我。散会。"

秦大元一声"散会"，让他们三个人如释重负。

刘博回到办公室刚坐下，"咚、咚、咚"的敲门声后，田静推门进来。

"你出差的这几天，办公室的绿植都是我给你打理的。有什么奖励呢？"

田静笑嘻嘻地问道。

刘博站了起来，走到窗户前的植物架上，仔细地看了看几盆绿植，还可以。至少浇水没问题，看来田静这几天确实来过几次。

"很不错，一个高才生，竟然也会养花。要不我把我们所里的苗圃修剪也交给你吧，还能省一大笔钱。"

刘博经常拿田静开玩笑，这样能让紧张的工作氛围轻松不少。

田静一听，知道刘博是刀子嘴、豆腐心，也准备逗逗他。

"真的？那我们一起去找所长，苗圃以后我来修剪，不过我的工资可比那几个工人要高。你抓紧打电话，我们现在就过去。"

啊！刘博没想到田静这么认真，挠了挠头道："所长今天肯定不在所里，改天吧。让你去做这个工作，这不是浪费你的聪明才智吗？再说了，所里非科研类经费要精简，哪有钱给你发工资？如果你愿意做义工，我估计，所长睡觉都会笑醒。"

田静看刘博笑嘻嘻的，也就不再纠结这事。

"你昨晚刚回来，部门的工作安排完了之后，有什么计划？"

刘博拉开办公桌的抽屉，拿出公文包。打开后，拿出一瓶香水，递给田静。

"这是我在机场买的，F国顶级的香水，送给你。刚才开会，没来得及。"

田静拿过香水，打开瓶盖闻了闻，笑道："还不错，你还算有良心。幸好你给本姑娘买了礼物，不然你下次出差回来，估计你的绿植都会自杀的。"

李睿悄悄地推门进来，"没打扰你们谈情说爱吧？"

刘博作势要打李睿，"你看你的破嘴，我和田静就是哥们儿，像睡在上下铺的兄弟。我们仨调一起工作都不过半年时间，我又经常出差，不像你，天天在办公室。"

李睿笑了笑，"爱情是一见钟情，天天看着，那是日久生情。总之，缘分这东西，妙不可言啊！"

李睿说完，看了看田静。

"看我干吗？我脸上有你的课题？我只不过为了礼物，来浇了两次花而已。像刘博这样天天嘻嘻哈哈没正形的，不靠谱，但是讲义气，所以和我就是哥们儿，就是兄弟！"

田静说着，过来一把搂着刘博的肩膀。

田静矮刘博十几厘米，在高跟鞋的加持下，看着略矮。

"怎么样？像不像哥们儿？我就勉强收下这个兄弟吧。没办法，谁让我们这里'老人'多呢。"

田静故意瞅着李睿，意思是李睿是老人。

刘博和李睿哈哈大笑起来。

李睿反而嬉皮笑脸地叹了口气，"一对奸夫淫妇的样子。算了，你们继续，我回避一下。"

李睿作势要走。

刘博一看李睿要走，忙道："别价，都是哥们儿，有事说事。大家都忙，难得来我办公室，我给你俩泡茶，真正的崂山绿茶，一口醒脑。稍等。"

"你小子没良心，给美女送礼物，让我喝绿茶？想堵我的嘴？没门！"

李睿也是得理不饶人。

刘博一边泡茶，一边说："得，得，得，我的亲哥，你稍等片刻，给你一个大惊喜。"

刘博给李睿和田静一人一杯崂山绿茶。

"尝一尝，怎么样？比龙井好吧？"

"好，这茶比龙井能堵嘴。"

李睿撇着嘴说。

"茶不错，听说还有减肥的功效呢！"

田静安心地品茶，特别是绿茶，是她的最爱。

"真的，做人是最不容易的，做事最简单了。做事搞明白就好了，而人呢？人心隔肚皮！地域文化、自身素质等等，造就了不同的人，这样人与人接触，要防这个，防那个，一句话不对，他就记恨你一辈子。所以人家常说，爱情哪有地老天荒？只有仇恨才会伴随着你到地老天荒！"

刘博笑着瞅了李睿一眼。

"我上面这段话没有别的意思，书呆子不要多想。"

"滚！'此地无银三百两。'我对你有这么深的仇恨吗？你也太高看你自己了。"

李睿说完，脸色渐渐严肃了起来，"我是来问你，你安排完工作，有什么生活安排？要不要今晚给你来个接风晚宴？"

田静这时插话进来："刚才我就问了，还没回答我，说吧，有什么安排？我和李睿也沾光。"

刘博狡黠地一笑，"你们俩，想让我请客？还是下回吧。我很久没有见到老爷子了，我回 Q 市去看看老爷子，和老爷子聊聊。老爷子前段时间研究信仰，说科技道德，我觉得有前瞻性，想回家请教请教。"

刘博的老爷子，李睿和田静略有耳闻，比较博学多识，而且解决问题的动手能力超强。社会的发展带动信仰与时俱进，信仰要走在社会的前面，为社会的发展做软件的支撑。

田静一想，刘博这样一推托，看来是宰不到晚餐了。也罢。

"真回 Q 市？要不要路上有个兄弟？"

"别，兄弟你还是安心待在研究院吧。一起回去，老爷子不把你当侄子。"

刘博反应挺快，也免得李睿乘机调侃他们。

秦大元推门进来，听他们在说笑。

"你们挺热闹，开完我的小会，来到刘博这里开大会来了。要庆祝什么？"

刘博一见秦大元进来，赶紧站了起来，"没有，他们来问我安排完工作，有什么生活计划，我这不要回 Q 市，回家看看老爷子。过几天要去 E 国，回来会比较忙，9 月在南海还有一个国际脑科学论坛。秦主任有什么指示？"

秦大元走了两步，来到刘博的办公桌前，"也没什么指示，回家陪老爷子两天可以，工作之余，多陪陪父母应该的。你去 E 国同科德列夫了解情况，早点去比晚点去好。有什么需要的，让田静配合你。"

"谢谢秦主任，我尽快去会会科德列夫，也好为我们下一步工作找捷径。"

刘博也想尽快去，只是担心欲速则不达，秦主任支持，事情会顺利些。

秦大元见刘博表态，工作的事情并无不妥，也就要走。

"你们聊，我去副总指挥那里一趟，汇报我们的会议纪要和最近的工作。"

秦大元说完，开开门走了出去，顺便把门给带上。

秦大元刚走，李睿幸灾乐祸地说："你看，秦主任都在成全你们！我也要走了，首先声明，我真不是灯泡。"

"滚，不送！"

刘博笑着捶了李睿的肩膀一下。

"我也走，免得有人狗嘴吐不出象牙，影响我们兄弟感情。"

田静也机敏。这样也好，大家立刻把心思回到工作中，精神也就进入工作状态。

刘博送走各位大神，开始给部门开会，安排工作。

3. Q 市

刘博等老爷子冲完凉，自己也抓紧冲了个澡。上午爬崂山，出了一身汗。

在餐桌前坐下，母亲已经做了三个海鲜、两个青菜，又拿了三瓶啤酒。

刘博把啤酒打开，分别给父母倒上酒，又给自己倒了一杯。

"爸、妈，这杯酒是儿子敬你们二老的，祝二老身体健康、事事顺心如意。我先干为敬。"

刘博一仰脖子，就把一杯啤酒灌到肚子里去了，还由衷地说："爽快！还是我们 Q 市的天气适合喝啤酒，特别是喝青啤，爽！"

"你慢点喝，没人跟你抢，这两天你也没少喝酒。在外工作你少喝酒，喝多了酒容易耽搁事，影响工作，也影响自己的形象。"

母亲见儿子喝酒开心，总是叮嘱几句。儿子工作不在 Q 市，不在自己身边。每次回来不几天，又回去工作了，虽然每周视频问好，总感觉不真实。

不让儿子多喝酒，也是怕他耽搁事，更担心醉酒影响他的形象，毕竟 30 岁了，还没有成家。在大城市，30 岁不结婚的很普遍，但也要努力，成家才能立业啊。

"妈，放心吧。我喝酒有分寸，误不了事。再说，交际中喝酒，既是应酬，有时候也是战场。把对方喝倒，或者探到对方的底牌，这也是工作。我会在酒精考验中完成任务的。"

刘博嬉皮笑脸地说完，又倒上酒。用勺子喝了口汤，吃得津津有味。

母亲见他嬉皮笑脸的样子，总是让人在轻松的同时放下心来。

"听你爸说明天你回单位后，要出国一趟。去多久？"

"用不了几天，一个学术交流，也是拜访一个酒友。E 国人喝酒豪爽，希望一切顺利。"

刘博和老爸一碰杯，又是一饮而尽。

老爷子喝了一半，吃了两口菜。

每次刘博回来，爷儿俩上午爬崂山，中午吃海鲜，喝啤酒，下午在书房聊聊天，已经成了惯例。

一顿饭吃了一个多小时，刘博在听母亲唠叨的同时，喝了 5 瓶啤酒。

老爷子在吃饭时，很少说话，安心品酒，开心吃菜，现在看来比较佛系。

母亲则不同，说家里的事情，说亲朋好友谁家的孩子从工作到结婚的情况，如数家珍。今天说你大姑家表妹 10 月要结婚，你大姨父家嫂子又生了个孩子，等等。每当听到这些，刘博总是以先谋生、再谋爱为借口搪塞。只是每次这句话还没有说完，就看到母亲抬手要打的态度，刘博也就笑着跑去老爷子的书房了。

　　老爷子的书房窗户朝向大海，站在窗前望着远处的大海，心境也宽阔了起来。

　　刘博给老爷子泡一杯崂山绿茶，自己也端了一杯，在老爷子的书桌前坐下。

　　"你妈妈就是喜欢唠叨，也可以理解，这是对你的关爱。我已经习惯了，这样反而促进我们的事业发展。一个人再优秀，没有子女的继承、延续，人生也就没有了延续。还谈什么事业？还谈什么工业革命到智慧社会？"

　　老爷子不紧不慢地说完，吹了吹茶，有点语重心长地说："不是一代人，考虑事情不一样。不同年龄的人，考虑后代的事情不一样。不同层次的人，考虑的人生不一样。所以说道法自然，你应该懂得，不管社会发展得快与慢，主线不变。"

　　老爷子看了看刘博，静等刘博说话。

　　刘博自知理亏，这个年龄连个女朋友都没有，确实说不过去。

　　纵然理由再多，也只是借口。

　　"爸，我是做脑科学的。人不可能长生不老，但却可以做到思想永生，这个您知道。现在人追求朋克的多，因为都想追求自己的自由与精神的解脱。当然，社会形成与方式的多样化，也是我们包容的表现。我工作之余，也在努力寻找缘分，却茫然无故。"

　　刘博以退为进，感情的事、缘分的事，哪能说来就来，说有就有？也没办法，谁不想花前月下，轻语呢喃？

　　"和我说这个？我要是和你一个想法，还会有你？小兔崽子。这个事情你也没有放在心上，毕竟社会在变，一切都在变。不管变与不变，人类延续是不变的。可能人类从以前的十几岁一代人到二十几岁一代人，再向三十多岁一代人、四十多岁一代人转变，也是正常的。但如果现有社会条件下，到了五十多岁一代人，那么，我们人类延续的质量，就会越来越差，这是生理和精神的事实。"

确实，老爷子洞若观火，对社会、对科技，特别是对新社会状态下的人类道德，有深度的研究。

"爸，您的研究有什么进展？上次出差，我和诺奖得主聊过科技道德，她说这是思想家与哲学家的使命，我认为她说得有道理。我们这些做科研的人，身在其中，利益之下，是没有能力做这个工作和研究的。"

刘博对科技道德的问题如此用心，不仅仅是因为老爷子一直在做这个工作，而且在工作中，也深感这个问题的必要性。特别是脑科学的发展，如果略微有一点私心，又有一点恶心，后果不堪设想。

"道德秩序的制定，特别是科技道德行为规范的制定，势在必行。但面临两个问题：一个是制定后的科技道德秩序由谁来推广，怎么推广，有无惩戒措施；二是目前的几个教会，如果合作，对他们而言是提升，是对现有道德标准的完善与提高，如果他们不配合，或者拒绝合作并对抗，会产生什么样的后果？"

老爷子说完，看了看手中的茶杯，轻轻地喝了一口，沁人心脾，提神壮益。

刘博第一次听到老爷子说科技道德秩序后面的问题，制定本身就不简单，制定后的推广与运行模式，确实才是关键。

"爸，这个问题，确实棘手。如果由一个国家去推，别的国家肯定有防范心理。联合国教科文组织是一个途径，不知道可行度有多少？"

"这个不是最重要的。最重要的是科研工作者有无信仰，如果科研工作者已有信仰，让他改别的信仰，这才是最难的。如果让科研工作者改信仰，势必又触动原有教会的利益，那迎来的不仅是抵抗，还有各种舆论攻击。最后科技道德势必会成为空中楼阁，被丢到一旁了。"

老爷子考虑的也是刘博没有想到的，看来不仅制定规划需要大智慧，去实行，更是要有睿智加伟大的使命感才能实现。

"爸，您的撰写到什么程度了？"

刘博这样问，是有原因的，因为当别人有信仰时，怎么去解决这个问题？撰写如果结束了，意味着这个问题已经解决了。

"差不多要完稿了，不过有几处细节还要再调整一下，就算基本完善了。只是书名还没有想好，还是要多考虑。毕竟新的信仰是全球化的，智慧时代的道德秩序，确实需要让知识分子更易接受。"

老爷子说完，站起来走到窗边，来回踱步，又看着大海。

"这些事先不说了，有的时机尚不成熟。人类在没有大危机时，去做什么事，都是费力不讨好。我估计只有在人类面临生死存亡，并吃了大亏的情况下，这件事情才能顺利进行。"

"爸，您说得对，这也是人类的一个通病。历史的教训不少，可是也改不了记吃不记打的秉性。那就等来一次危机，或许就是大机遇。也许是冥冥中注定的，就需要一个因果，才会有结局。"

刘博说着，站了起来，走到老爷子身边。

"爸，您去床上躺一躺，我给您按摩一下，让您的身体放松放松。

明天我就去 E 国，工作一忙，不知道下个月还能不能回家，来吃妈妈做的家常菜了。"

"好，先给我按摩一下，好久没有这个待遇了。儿子大了，就不是我说了算的了。你工作的事情为先，我和你妈身体很好，我才正当年。"

老爷子笑着走向卧室。

圣彼得堡

刘博与助理刚走到科德列夫的研究院，科德列夫就从办公室里迎了出来，给刘博来了个熊抱。

"欢迎您，我亲爱的同志。"

科德列夫眼睛里透着调侃。

"您好，科德列夫同志。"

两个人走进科德列夫的办公室，科德列夫请刘博在沙发上坐下。科德列夫的助理端着两杯咖啡放到他们面前的茶几上，同时引着刘博的助理去了旁边的房间。

"科德列夫，上次喝酒，意犹未尽，我闻着酒味就过来了。今晚可要多陪我喝几杯，尽尽您的地主之谊。"

"没问题，"朋友来了有好酒，敌人来了有猎枪"。下班后去我家，喝酒更随意一些。"

科德列夫很豪爽，对杯中物的兴趣是干柴烈火，一点就着。

"我来之前，我们主任给您发的函收到了吧？您应该看了吧？"

刘博把话题转入正轨。

"看了，其实不用你们主任发函，您发一个邮件就能够成行的事，搞得有点太正式。当然，这样也好，我可以堂而皇之地陪您在圣彼得堡走走，也缓解一下在办公室的压抑。"

科德列夫与刘博，一见钟情，二见如故，三见母猪能上树。

人与人之间，就是这么怪。有的人，你即使天天相见，心里却恨不得一辈子再也不见。有的人，让你天天想见。更有些人，平时不见不念，一见总如初见之欢。

刘博与科德列夫是最后一种，这种人是最洒脱的，也是趣味相投的。

"科德列夫，我来是想请教一些问题的，也希望您知无不言。"

"朋友之间，您太见外了。我刚才说过，'朋友来了有好酒'。"

"您也说过，'敌人来了有猎枪'。"

刘博逗了科德列夫一句。

"对，'敌人来了有猎枪'，可您是敌人吗?"

科德列夫回撑了刘博一句，这话可太损了。

"我要是敌人就好了，有这么帅与善良的敌人吗?"

刘博笑了起来，喝了一口咖啡。

"科德列夫主任，我这次来主要想了解一下您的工作进展。噢、不、不，是您的工作成果。"

"我的研究有二十多年了，成果真的令人汗颜。"

科德列夫说完，轻轻地摇了摇头。

"您也知道，我从事的工作，主要是从我的前任那里继承下来的，这个您明白吗?"

"略知一二，还是上次您告诉我的。"

刘博与科德列夫第二次见面时，后者的确向刘博大略讲了从事这个工作的原因。

科德列夫的前任，既是他的博导，工作后又是他的领导。这既是师生，又是上下级的关系在 E 国比较普遍。

师生与上下级关系衔接，既便于传承，更有利于工作的衔接。科德列夫读博的课题，即脑科学，而恩师则是"万神殿"计划的主任。

"所以说，到今天为止，我工作的二十多年时间内，我的工作成绩确实拿不出手。外界都知道我的工作内容，特别是关于'万神殿'计划的，也都是因为其成果而赞誉很多。"

科德列夫叹了口气。

"唉，这些成果都是恩师及其前任做的，而外界都把荣誉给了我，就是这么回事。"

科德列夫端起咖啡，却停了下来。

"这样，我给您讲一下整个计划的来龙去脉，您就明白了。"

"好，多谢。来拜师，不学艺。"

刘博调皮地眨了眨眼睛。

"我们所在的圣彼得堡，在苏维埃社会主义共和国联盟时期，也就是你们所说的苏联时期，改名为列宁格勒。因为列宁是国家的名誉主席，所以这里改名为列宁格勒。列宁同志去世以后，医院建议对列宁同志的大脑做研究，经同意后，也就是'万神殿'计划的缘起。"

科德列夫对过去的历史如数家珍，一一道来。

"随着对列宁同志大脑研究的深入，我们研究得出一个结论。"

"什么结论?"

刘博紧跟着问。

"伟人、军事家、思想家、科学家、发明家、文学家,都是因为在人类历史进化过程中大脑有过变异,所以从普通人中脱颖而出。"

科德列夫的神情尤为骄傲,因为这个研究成果是有数据作依据的。

比如说水稻的育种,只是得到一株变异株,都会极大地推进育种的进程,为更为优质稻种的育成打下良好的基础。

大脑变异,与水稻变异株同理。

"大脑变异的人,如同人中的狮子,而普通人则是绵羊。这就是我们常讲的一个故事。"

科德列夫开始讲大家都知道的故事。

"一头狮子带领的一群绵羊,一定能战胜一只绵羊带领的一群狮子。"

科德列夫看着刘博,顺手把咖啡喝了。

刘博当然知道这个故事,也知道这个道理。

"一个群体中,一个团队的领头人素质和秉性,决定了一个集体和团队的成败。在体制情况下,这个结果是正常的,特别符合当今社会的秩序。"

"是的。"

科德列夫说完,看了看刘博的咖啡杯。

"要不要再来一杯?"

"不用了,谢谢。我一杯正好。咖啡喝多了,影响晚上睡眠。"

"不会的，今晚我尽地主之谊，请您喝沙皇银伏特加。我想，我们都会有很好的睡眠的。"

科德列夫笑着耸耸肩。

"来一杯咖啡吧，提神，继续我们的话题。"

科德列夫招呼一声，他的助理来为他们俩满了杯咖啡，转身走了出去。

等门一关上，科德列夫接上话题。

"一头狮子带领的一群羊，一定能战胜一只羊带领的一群狮子。我可以做一个比喻，如果不恰当，请刘先生不要怪罪，可以吗？"

"这有什么，比喻嘛，正常。"

刘博一听科德列夫这样说，有一种预感，会不会讲 H 国的故事？

科德列夫一开口，果不其然。

"我经常看 H 国历史，我就用 H 国历史做一个比喻，这样刘先生更熟悉。"

"好，请讲。"

刘博大约就猜到了。

"都说一个 H 国人是一条龙，但是一群 H 国人就是一群虫，讲的是 H 国人不团结。但我不这么看。"

科德列夫真诚地说。

"清朝末期，H 国属于典型的一只羊领着一群狮子迎战一头狮子带领的一群羊。真正决定胜负的是两国的最高决策人，或者说两军的统帅。思维决定成败，兵器决定战术。我这样说，您就明白清朝末年的战败原因在哪里了吧？"

"您这个比喻牵强，但也说明了问题！"

刘博兴奋得两眼发光。

"是的。所以，我国的'万神殿'计划将脑科学的研究方向，放在了精英人群上，也只有精英人群才会产生伟人、科学家、发明家、文学家、思想家、军事家。"

科德列夫端起咖啡，喝了一口。

"你们 H 国，在古代既有专为皇家服务的私学，就是历朝历代的太子傅，属于精英教育中的精英教育。所以称为王者、称为帅者、称为皇帝者，所受的教育与其他人相比，水平要高得多。当然，淘汰率更高。"

科德列夫在用 H 国的历史、国情、典故来叙述"万神殿"计划的初心。

"我明白，您说的就是顶尖课程、顶尖老师、顶尖设施，只为顶尖的几个人。这不是精英教育，这应该是寡头教育，只为接班人！"

刘博一点就通，马上理解科德列夫比喻的意义。

"是的，这是 H 国古代帝王的顶级学习培养，普通人是没有这个能力的。一是生在帝王家的孩子，未来是要掌权治理国家的；二是王子们也要有天分、聪慧，还要学以致用。"

刘博这样归纳，科德列夫也点头赞同。

"是的，我们'万神殿'计划有 60% 的比例是用这个方式进行的。"

"哪 60% 呢？"

刘博接着问。

"主要的 60%，则是另一个关键，这也是我们对脑科学的运用、分析、校对。"

科德列夫说着，把双手举了起来。

"我们对列宁同志的大脑做了解剖与分析，特别是与普通人的大脑相比，我们发现有两处明显的不同。"

"两处明显的不同？"

刘博感到惊讶。

"是的，两处明显的不同。"

科德列夫说着，用两根手指晃了晃。

"我们研究发现，列宁同志左脑的 D 区，明显比普通人的大脑厚实得多，特别是星形细胞与血管的交汇处，有明显的数量聚集，远高于普通人。"

"那另一个不同呢？"

刘博很关注，因为刘博可是顶尖的脑科学研究者。

"另一处在右脑的 F 区，与左脑的情况类似。"

"您是说这两处明显的不同，是列宁同志比普通人伟大的原因？"

"是的。"

科德列夫说完，又意味深长地接着说，

"这两处恰好是语言、逻辑、行动力、记忆、思维、情感的集中反映区。特别是通过对脑血管与星形细胞的实验，证明通过脑血管的特种方式，来与星形细胞互动，去刺激大脑的 D 区与 F 区，大脑的记忆功能与学习力、行动力都有明显的提升。"

科德列夫说完，把手放了下来，又端起咖啡杯喝了一口。

"今晚刘先生想吃什么菜？"

"一开始就告诉您了。"

科德列夫笑了起来。

"搜集人类顶尖智慧，只为一个人。通过脑科技增强，使其强人、强权、强国……"

4. 中东

某实验室办公室内，贾麦德、班纳库、特布在三角会议桌上各据一方。

贾麦德，宗教精神领袖，对世界格局与社会秩序总是担忧不已。

"特布，我们与 NGL 科技集团的合作，什么时候出成果？这个项目几乎掏光了我们的家底。"

"大阿亚图拉，我们与 NGL 科技集团的合作，第一阶段已经结束，也就是 NGL 科技集团即将上市产品的中东版，是专为我们开发的。我们实验室进行了大量的实验，效果好于预期。"

特布说完，拿起遥控器，办公室的屏幕开始播放视频。

视频播放完，特布开始做具体的介绍。

"大阿亚图拉，NGL 科技集团和我们的脑科学团队的这次合作，也可以说是给我们定制开发专门针对我们民族和信众的专用产品。再加上我们团队的本地化植入，有几个参数远远超出我们的预期。"

"那很好，后续脑联系统的合作，我们有什么具体计划？"贾麦德又问。

"脑联网系统在我们境内设有一个接收控制站，我们境内的信息接收与发送，特别是控制端我们也做了测试，完全没有问题。"

班纳库开启几个程序，对贾麦德做了演示。

"如果再给我们半个月的时间，我们脑机、脑联的第一批量产的设备开始植入人体。半个月后就可以做实体、实时的脑控演示。"

"好吧，等你们第一阶段植入结束，具体数据及效果出来后，再向我汇报一次。我们开始商讨下一步的计划。"

贾麦德说完，起身开始向外走去。班纳库与特布跟在后面，把贾麦德送出办公室门口。

贾麦德转过身，又问班纳库。

"NGL 科技集团的天链系统、脑控系统，我们境内的只是一个分支，我们只能用我们境内的。如果我们需要境外某地的情况，怎么和 NGL 科技集团合作？"

"这个，我们还没有和他们谈过。当然，我们的信众在全世界都有分布，的确需要考虑这个情况。"

班纳库说完，又思考了一下，接着说道，

"这样吧，明天我去 NGL 科技集团中东分公司，去拜访 NGL 科技集团常驻代表，把这个问题详细落实一下。"

"好，你和特布做好详细的预案，也为我们未来的计划做好铺垫。"

贾麦德做完指示，示意他们俩继续工作，便独自离去。

班纳库与特布回到办公室，坐下后两个人对视一眼。

"实验室的都没有问题了，脑机没有问题了，脑联系统在境内也掌控了，就看具体的实施了。"

班纳库满意地说。

"是的，大阿亚图拉的重点放在天链境外的控制点上，不言自明啊!"

特布说完,有一点忧郁。

"不要悲观。我明天去 NGL 科技集团中东分公司。我想,我们这次和他们合作,我们得到的和付出的,应该还算是成正比的。希望有个好的结果。"

班纳库说完,在工作台上开始做计划,以便让明天的会谈有个好的结果。

"我感觉,NGL 科技集团在我们这里的分公司只是为了服务我们这个客户,并让我们帮他们完成在人体的三次实验。如果说与 NGL 科技集团谈中东以外地区的脑联控制系统,无疑是与虎谋皮。"

特布说完,盯着班纳库,希望从班纳库的眼神中得出判断。

"大阿亚图拉做了指示,我们尽可能地去把事情做好。首先要去试,不试怎么知道,对吧?"

班纳库说完,开始埋头做方案。

特布见班纳库开始工作,也就没有再说什么,检查了一下自己的会议记录,转身向实验室走去。

NGL 科技集团中东分公司

会客室内的气氛有些怪异。NGL 科技集团战略部总裁奥马与助理布什,正在接待班纳库。

会议桌上,奥马的咖啡早就凉了,但奥马一口也没有喝过。不是因为不想喝,而是因为班纳库的到来,后者提出的问题大大超出了他的意料。

奥马是 NGL 科技集团的战略部总裁，在集团首席执行官马克的直接领导下，负责制定集团的发展战略，并负责对外合作接洽。

NGL 科技集团中东分公司与非洲分公司的前期筹备与政府接洽，都是由奥马来完成的。可以说，奥马与中东和非洲的政府关系很顺畅，而且奥马在执行集团战略上，做得非常到位。

奥马是 NGL 科技集团的核心人物，自然也知道集团的核心机密。面对班纳库提出的要求，却犹如心事被外人知晓了一样，感觉要裸体飞奔了。

"班纳库先生，您提出的这个要求，不在我们双方的合作范围之内，这个您是清楚的。我希望您也重新考虑一下这个要求。"

奥马不希望节外生枝，如果真的节外生枝，就需要谨慎权衡。

"奥马总裁，我们双方的合作很顺利，各项参数指标都超出我们合作计划的要求。您也知道，我们教会的信众不仅仅在国内，还有相当一部分遍布全球。这一点您也清楚，对吧?"

班纳库谈问题并不急，而且也有耐心，求别人办事，只要是能达到目的，什么都不是问题。

"这个我自然知道，全球一体化的时代，人员在国际的大流动很正常。就如我国的大使馆一样，都在竭尽所能地为本国的公民服务。"

"是的，我们大阿亚图拉就是这个意思，希望脑联系统在世界各地随时随地都可以为我们的子民、信众提供服务。这样有利于提高他们的信仰黏度。"

班纳库自然也明白大阿亚图拉贾麦德的未来计划。贾麦德是他们的大阿亚图拉，聪慧超人。在他们与 NGL 科技集团合作前，就已经预测到这是他们改变世界的一个机会，所以主动去寻求与 NGL 科技集团合作。

NGL 科技集团也需要在 MT 国之外寻找一个优良的试验地，中东自然是不二之选，所以双方一拍即合。在各方面都答应了 NGL 科技集团的要求，双方具体合作底线都秘而不宣。

当合作项目进入试验阶段后，贾麦德从特布与班纳库的汇报中，准确分析出了一个核心——脑联系统的控制中枢就是天链！只有有机会掌握天链，才会让本次合作的成果利益最大化。

"您说的我都明白，但您的要求，已经超过了我们合作的范围。再说，我们的合作已经结束，如果真的需要下一阶段的合作，我们需要重新谈。对吧？"

奥马可是谈判行家，对问题的关键总是把握得很到位。

"那好吧，我回去向大阿亚图拉汇报一下，然后再与您联系。"

班纳库与奥马行礼告别，走了出去。

奥马想了一下，把助理叫过来。

"给我联系马克的助理，我明天要去和首席执行官汇报工作。另外，我回国后，这里的工作，暂时由你负责。"

"好的，我马上联系。您就放心吧，这里的工作我会随时向您汇报。"

助理说完走了出去。

奥马在椅子上有点瘫坐，他知道，NGL 科技集团的新工作，就要开始了。

5. 加州

NGL 科技集团宽敞明亮的会议室内，一场产品上市筹备会正在召开。

NGL 科技集团四巨头到齐，分别是首席执行官马克、战略部总裁奥马、首席市场官克里、首席科学家凯瑟琳，依次落座。

在四巨头的后排，是 NGL 科技集团各洲的总裁，列席会议。

马克看了一眼众人，特别是看到集团的大标识，心满意足地笑了。

"大家好，很高兴看到我们一起努力，把产品成功地做到市场化。下周产品就要上市了，我代表我和大家，祝贺我和大家！"

马克的幽默，令大家开心地笑了，并且掌声不断。

"对于我们集团来讲，最近两件大事都已经完成。第一件大喜事，就是我们的首席科学家凯瑟琳小姐，荣获诺贝尔生物及医学奖！"

马克带头鼓掌，同事们都跟着鼓掌。

凯瑟琳站了起来，向大家一鞠躬。

"感谢大家的帮助，感谢团队的辛苦努力，更感谢我们的首席执行官马克，他提供了大量的指导工作，以至于让我们工作更富有成效，并提前完成工作。谢谢马克！"

凯瑟琳说完，又朝马克一鞠躬。

马克满脸带笑。

"凯瑟琳的获奖，是我们集团莫大的荣耀，更为我们下周产品上市，打下一个很好的产品宣传形象。试问，哪一个诺奖得主，在获奖一个月后，他的研究成果能做到产品上市？没有！"

马克脸上洋溢着自豪的笑容，当然有自豪的资本！

"第二件大喜事，我们集团的产品下周上市，到时由集团首席科学家凯瑟琳负责召开上市发布会，这是凯瑟琳的亲生子，也是一个值得庆祝的日子。这是我们集团成立以来，最为重大的事件，也预示着我们集团的发展，上了一个新的台阶，更是对全球的贡献，也是全球治理开始的第一步。"

马克的讲话，四巨头都明白，NGL 科技集团今后不仅富可敌国，更会权倾后代！

"现在，请奥马总裁汇报一下集团产品上市前的准备情况。"

马克让奥马上场。奥马是集团的管控核心人员，也是对外合作的领导者。

奥马站起来，向马克一点头。

"各位同事，脑机接口与脑联网系统上市，是我们集团今年以来最重要的大事。在执行官马克先生的筹划下，我于去年年底开始在全球布局，如今天在后排就坐的各洲总裁，与全球各地的合作协会，到今天为止都已经准备就位。"

奥马说完，大型显示屏开始展示一份世界地图。

"世界地图上的亮点，即我们集团产品销售国所在地的代理商，总计 1081 家。我们集团产品的代理商共计拥有 110 万工作人员。当然，这 1081 家代理商均为医院。"

奥马的组织能力足够优秀。他带领战略部的团队，在世界各地做了三件事情：

第一件事情，在全球众多医院中选出 1081 家作为合作伙伴，并且布局合理，使集团产品销售布局较为合理，并保证各家医院有丰厚的区域代理利润。

第二件事情，团队中的工程师，负责用 2 个月的时间，对 1081 家医院的项目人员进行技术培训，保证受训人员均可熟练地独自操作完成集团产品的植入、调试、应用等技术程序。

第三件事情，也是最为关键的。奥马团队的公关能力之强，除 H、朝以外，世界各国的卫生部均已为 NGL 科技集团发放许可证！

"我和我的团队目前已经完成集团与执行官赋予我们的工作。在集团产品上市后，可以确保每天销售与植入 1000 万人次。当然，这 1000 万人次是指我们销售的第一代产品，也就是我们的普及型产品。"

奥马又把显示屏调了一下。

"另外，我们的合作伙伴，还可以每年销售与植入 1 万人份的升级型产品，也就是我们的重点产品。最后我再说一下，我们 1081 家合作伙伴中，仅有 81 家是代理与销售我们的升级产品的，每家每年不超过 300 人。"

奥马把视频资料调整后，又开始汇报。

"我们的第一代产品面向中低端客户，我们需要保证大量的供应。针对高端客户，特别是超高端客户，我们要确保更好的脑联体验。"

奥马说完，看向马克，又看了看其他两位高管。

"我们的顶级产品，与'万神殿'计划初衷相同，那就是针对各国政府首脑，或者潜在的政府首脑。在我们集团产品的助力之下，让首脑更加全能，即智慧的全能、理政的全能，这是我们计划的目的。"

马克一挥手，奥马停了下来，看着马克。

"我们集团的顶级产品，不对外宣传。因为我们的这个产品是不对外销售的，只有当各国首脑有这个要求时，我们才去提供这个服务。"

马克说完站了起来，走向克里。

"我们集团的营销工作，克里总裁做得很好，现在让克里汇报一下产品营销规划及部署。"

马克站在克里椅子后面。克里站了起来，回身向马克敬礼！

"感谢马克执行官，感谢集团的同事们，让我的工作进展顺利。我把近期的工作规划汇报一下。"

克里打开视频，各项数据逐一展示。

"第一项，产品造势。在奥马总裁寻找合作伙伴期间，我和我的团队，逐步开始向媒体曝光集团产品的未来属性，特别是对科技发展的重要性。未来的社会是智慧的社会，特别是提升大脑利用率后的智慧社会，这些话题引爆了全球的媒体，可以说前期的铺垫非常好。

"第二项，凯瑟琳小姐的获奖，是我们顺水推舟的第二步。有了诺奖的加持，我们集团产品上市前的预热目标圆满完成。凯瑟琳小姐完美的形象，给集团、给产品加分！让整个国际市场充满了期待。"

克里向凯瑟琳感激地点点头，又对凯瑟琳竖起大拇指，凯瑟琳则回报以微笑。

"第三项，针对集团的顶级客户群体，因为过于敏感，在凯瑟琳小姐获奖的第二天，我收到 32 个国家元首助理的咨询。到今天为止，总共收到 298 份咨询，并随时可以转化为订单。"

克里讲到这里，尤为兴奋。马克拍了拍克里的肩膀。

"干得很棒！克里，还有很多后续的工作，需要你来完成。"

"没问题，职责分内的事情全力以赴，我们正在打开人类的智慧之门！"

"克里，这句话可以作为产品的广告词：'NGL 科技集团帮您打开智慧之门！'"

马克兴奋地说道。

"好的，在产品上市前，我和团队将以这句广告词来凸显我们产品的划时代性。"

克里的执行能力没得说，而且团队工作，特别是与世界各地媒体合作，一直很愉快。

马克让克里坐下，马克也回到自己的座位上坐下。

"我们集团从研制脑机接口到脑联网系统，历时 10 年时间，其中实验室就用了 7 年时间。试验从猪、猴到各肤色的人，我们的实验室证明了我们不仅仅技术远超同行，更是第一个将顶尖脑科技用于普通人的。"

马克开始了最后的安排：

"刚才你们的工作汇报，各项进度都超过计划。散会后，你们再商讨一下产品上市的相关细节。后期的具体产品问题，你们三人协商，最后由奥马总裁拍板。如果没有问题，现在就可以散会。"

马克站起来，走到奥马身边。

"奥马总裁，到我办公室来一下，我们谈个事情。"

"好的，马克。"

奥马站起来，跟在马克的后面向马克的办公室走去。

马克的办公室处于办公楼的顶层，宽大的落地玻璃窗，把办公室映照得明亮无比。马克的办公室共分三个部分，近 2000 平方米！

第一部分是进门之后的会客厅，有 400 多平方米，放着三组沙发、茶几。在靠墙的地方，排列着一排酒架，陈列着世界各地的名酒。酒架的前面是一个吧台，可以调酒，也可以在吧台上品酒。

再往里，是天链系统的控制室，约有 1000 平方米，这也是天链的核心控制室。当然，集团的天链控制系统，是从这里引申过去的，核心在这里。显示屏及控制台占了 600 平方米的空间。在中间位置，是马克的指挥台，包括核心的控制板。

最里面是马克的办公室，600 平方米左右。到现在为止，还没有人进入马克的办公室。马克所谓的"来我的办公室"，也仅仅是指外面的会客室。

马克喜欢站在吧台后面，调一杯鸡尾酒，自己慢慢品尝。如果高兴，也会给到访者调一杯金酒，共同分享品酒的喜悦时光。在感官兴奋的同时，把事情谈完。

马克请奥马坐在吧台前，马克表演般地调了两杯鸡尾酒，递给奥马一杯。

"谢谢！"

奥马接过酒杯，轻轻地抿了一口，伸出大拇指赞了一下，脸上表情充满了欢快。

"奥马，让你来，有两件事需要确定下来，并由你亲自完成。因为这两件事你都知悉，而且这两件事情也只有我们两个人知道，不能对第三人谈。"

马克喝着酒，看着奥马。

"是上次中东公司的事情吗?"

奥马问道。

"中东公司的事情，只是其一。今天会议时，克里谈的顶尖产品，后续的对接工作及执行，也由你来完成，有什么问题吗?"

"马克，您都决定了吗?"

奥马此前向马克汇报过，当时马克并没有当面答复，而今天谈这件事，看来马克已经做了决定。

"是的，我最后思考了一下，决定把这两件事都交由你来执行。先说第一件事情。"

马克放下酒杯，拿起一份资料，翻看了一下。

"从中东公司汇报来看，我们在中东的合作伙伴要求的事项，我考虑了一下，我们可以有条件、有限度地答应他。"

"我们要求贾麦德做什么交换?我们给他们的有条件、有限度，这两个能不能具体一点?"

马克把身子向前压了一下。

"有限度就是我们集团可以让他们使用除中东之外的脑联系统，让他们为他们的子民服务。这个有限度分为两个方面：一个是他们在用除中东以外的脑联系统时，向我们集团申请；另一个要求就是他们计划用的时间与时长。但这个申请与时间，我们有绝对的决定权。"

马克说着，示意奥马发表意见。

"我很认同这个决策，最终的决策权在我们集团，也确保我们集团的最大利益。那么，有条件是什么？"

奥马又回到问题的核心。这个有条件，才是集团同意贾麦德使用脑联系统的门槛。

奥马喝了口酒，味蕾让他的兴奋度又有些上升，脸色微红。

马克的脸色略微有点变，缓缓说道："凯瑟琳获奖效应您看到了，诺奖得主是稀缺资源，后期巨额的利润在这里。我想，您再回中东时，可以让他们干点'脏活'。"

奥马一时没听懂，过了一会儿才明白过来。

"好吧，这个他们出手确实是最合适的。我们集团用钱和名誉搞不定的，都可以由他们去完成，然后在中东完成最后一步。"

"是的，您明白我的意图就好，这件事情就由您来具体执行。"

马克说完，又问奥马：

"要不要再来一杯？"

"谢谢，我一杯刚好。那另外一件事呢？"

"集团顶级产品的用户只设定于各国的首脑，而这个客户群体由你负责。我们服务的这个群体，和他们谈的不是价格，而是我们对他们的帮扶和他们对我们集团的承诺，这是合作的条件。"

"对我们集团的承诺？"

奥马接着问。

"是的。但这个承诺，是一张空白，但要各国首脑签名的承诺书。

在我们集团需要他们时，他们必须按我们的要求去做，而且不能有讨价还价的余地。当然，在合作前，他们会权衡利弊。"

马克说完这句话，脸上充满了自信。难道各国首脑还有拒绝的选择吗？

没有！

试想，一个国家的首脑，没有超众的智慧、快速的反应能力，怎么去管理下属，怎么去治理国家？特别是你和下属都在增加智慧、赋能的时候，你的下属拥有远超过你的智慧时，你还能驾驭你的国家和团队吗？

奥马点了点头。

"我明白了，自明日起，我加速落实这两项工作。我们集团会用这项伟大的产品改变世界，迎接光明的未来。"

马克开心地笑了。

"来，为光明的未来干杯！"

"干杯！"

两个人的酒杯"叮当"一声，碰在了一起。

6. 市场交易

1 月，NGL 科技集团的脑机接口产品率先上市，引发了市场的抢购、认购大潮。有人在 NGL 科技集团的合作医院里连夜排队，只是为了抢一个医院的预约排号。这样的抢号热潮，已经多年不见了。记得上次这样的盛况，还是苹果手机引发的。

硅谷的街头巷尾，电梯、商业街，甚至是厕所里的显示屏上，全是 NGL 科技集团的广告。广告视频中凯瑟琳与诺奖奖杯相拥，然后开始介绍 NGL 脑机接口产品，最后是经典的广告词："NGL 为您打开智慧之门!"

汤姆刚到公司上班，他的同事皮特就凑了过来，拿着手里的卡号向他炫耀。

"嗨，汤姆，这是昨天下午我抢到的 NGL 脑机接口的排序号，赞不赞?"

汤姆拿过来看了看。

"这个卡片很精致，序号 10728，你是我们市的第 10728 名?"

"是的。"

皮特骄傲地答道。确实，作为一个 1000 万人口的大市，能够拿到10728 名，的确值得骄傲。

汤姆也羡慕不已。

"你的序号什么时间可以完成植入？"

"销售代表给预约的，说可以在 10 个工作日内完成，不过在植入后，有一个辅导期。"

"辅导期要多久？"

"销售代表说一个星期左右。下班后，每晚用一个小时，一周后，植入的知识就可以帮助我。不，是我们的新智慧就可以有更棒的能力了。"

皮特是公司的程序员，这次植入 NGL 脑机接口，更加激发了他的胃口，升职为工程师、副总是皮特的梦想。

"这么说，也就是 20 天左右的时间，你的工作能力及智力就脱胎换骨了？"

汤姆虽然将信将疑，但 NGL 科技集团的产品从未让人失望过。

"也不一定，毕竟这个产品是公开售卖的，而且我的选项是编程。这么多的程序员，肯定不止我一个人购买。如果大家都购买了，你却不买，你就没有工作了。懂吗？老兄。"

皮特这句话说得在理，你不用，别人用了，脑智水平提升了，这就意味着你要失业。

"也是，如果都购买了，公司的开发水平会迅速上几个台阶，我们的年薪和年终奖会有几倍的增加。"

皮特的这句话，让汤姆的内心被打动了！

投资就是要有收益，购买 NGL 脑机接口，虽然花掉自己半年的收入，但却能保证不会失业！更可能让薪水翻倍、翻几倍。

"伙计，我要购买，也是全家购买，我的爱人和孩子都需要 NGL 的脑机接口。"

汤姆说完，盯着皮特，补充道，

"我爱人的工作也是，不能丢，就必须购买脑机接口及专业知识。孩子 6 岁，正是植入脑机接口的最佳年龄。NGL 科技集团的宣传我看过，也正为这事发愁呢。"

"你发什么愁？"

皮特有点不解地问道。

"我的预算超了，我家三个人的费用，是我一年半的薪资。而我的房贷、车贷及日常费用占了收入的大半。特别是孩子，不能让孩子输在起跑线上。没办法，要完成三个人的购买，就只能再刷信用卡了。"

汤姆的话中有些无奈，又有些期待，谁不想自己和孩子更好呢？

皮特耸了耸肩。

"虽然价格高得离谱，但是没有办法，好的东西从来就不便宜，而且排队都要等好久噢。"

汤姆点点头。

"我下午请假，去排队，先把这件事办了，现在看来，这才是头等大事。"

"肯定的，早用早受益，这也是正常的，我的朋友。"

皮特说完，就去工作了。

东京银座

日本最繁华的商业区，每天都是人山人海的。白天，世界各地来的游客在这里旅游购物，夜间则是年轻人的天下。工作了一天的男男女女，在寻找各自喜爱的餐馆、食肆、KTV 等。

自 1 月 20 号以来，最火爆的则是 NGL 科技集团的脑机接口的广告。在银座商业区的黄金时段内，循环播放上市发布会的盛况，特别是凯瑟琳的演讲，已经让她成为智慧女神的化身，令众多的女孩艳羡不已。

这些仅仅是开始！在广告结束前，所有的屏幕都会出现 NGL 科技集团的广告语："NGL 为您打开智慧之门！"

凯瑟琳诺奖加身的形象，深深地打动着每一个人，更为 NGL 脑机接口带来诺奖的光环。让为您打开智慧之门的广告语，也彻底征服了每一个追求上进的人！

佐藤一雄与高桥惠子下班后加入购买脑机接口排队的长龙中，身边也是和他们年龄相仿的年轻人。

"佐藤君，这么长的队伍，什么时间才能排到我们？下班就赶过来了，有点饿了。"

高桥惠子与佐藤一雄前天约好，今天一起来的。整个东京只有两处销售脑机接口的预约单，一处在东京大学附属医院，一处在银座商业街。银座商业街的位置好，购买后可以在附近游玩、购物、娱乐，等等。

"惠子，坚持一会儿，排队也很快的。我们都等了快一个小时了，这时候放弃太可惜了。下一次还要重新排队，等买完，我请你吃料理。"

一雄安慰着惠子。

RUI CHENG MI MA

惠子其实是撒娇，因为排队太无聊了，人又多，幸好大家都比较自觉，还不算拥挤。

"你说的，请我吃料理！"

"没问题！"

一雄说完，抓着惠子的手。就这样，惠子在前，一雄在后，手牵手也可以让时间过得快一点。

"佐藤君，这么多人都来购买，再去医院，是不是有点麻烦啊？"

"哪里有怕麻烦的？特别是为了以后工作提升，有个更好的生活，再麻烦也值得。"

一雄很明白，在竞争激烈的社会中，要想工作稳定，不断学习与提高工作技能是必须的。而脑机接口就是这样一个机遇，你不抓住，那么，你就要面临失业。

"竞争这么激烈，而且来购买的人这么多，大家之间希望不要相差太大。这样一想，我都有点抑郁了。"

"惠子，没事的，今天只是预购与排号。去医院植入后，更新知识到后期的更新，我们都选最好的。这样我们就能完全胜任工作，所以不用担心。"

一雄一边安慰着惠子，一边也在思考。

脑机接口的植入是第一步，过半年再植入脑联系统，这样的适应过程是好的，但效果有宣传的那么神奇吗？

这时候，一个电话打了过来，一雄的手机响个不停。一雄一看，是大学同学，中村英夫。

"喂，中村君您好。"

"佐藤君您好，现在忙什么呢?"

"我与惠子在银座排队，购买 NGL 脑机接口的植入预约。您在哪里?"

"我在名古屋，我们这里也是非常火爆！排队的人太多，我打算明天请假来排队，工作时间人可能会少一些。"

"中村君，您的想法很好。我和惠子已经排队一个多小时了，估计再过半个小时就能拿到号。"

一雄把手机音量开到最大，依然听不清中村英夫的说话声，周围的声音太吵了。

"佐藤君，您继续排队吧，您那里声音太吵，抽时间再打给您。"

中村英夫明智地挂断了电话。

"谁打来的?"

惠子问一雄。

"中村英夫，我的大学同学，在名古屋工作。他去年刚结婚，真羡慕他们，家庭和美。"

一雄去年参加了他们的婚礼，隆重而又温馨。一雄作为伴郎，也很开心。婚礼的神圣感，在他心里油然而生！

"一雄，您在想什么?"

惠子看一雄走神了，问道。

"啊? 刚才想起英夫的婚礼，我是伴郎，感觉婚礼很神圣，这样的婚姻肯定幸福。"

一雄说着，深情地看着惠子。

"是吗? 那你有什么打算，不珍惜眼前人吗?"惠子略微低了低头，手却使劲地握了一雄一下。

"肯定的，我们一定要比他们幸福才对。"

一雄向前一步，拥抱了惠子一下，跟着队伍向前走了一步。

比勒陀利亚

曼德拉广场上人山人海，虽然一早就有警察在维持秩序，但 NGL 科技集团的合作伙伴——比佛利医院的营销中心一开门，人群就骚动起来，不顾一切地向前挤去。

瞬间哭喊声、叫骂声和打架的声音充斥着整个空间。这个情况持续了整整半个小时。警察强力地驱赶，把人群分成 20 个区块，才渐渐平息骚乱。虽然有不少踩踏事件发生，所幸没有出现人员死亡。

"乌斯，你没事吧？"

克鲁格拉起跪着的乌斯，问道。

"谁，刚才谁推的我？"

乌斯嘴里骂骂咧咧的，刚才在骚乱中，一个人从后面推了他一下，他一不小心就跪倒在地了。

"没伤着就好，看到韦宁了吗？"

克鲁格问乌斯。

"没有，就我们俩挨着，韦宁是不是去前面了？"

"没注意，刚才一乱，就没看到什么。拥挤时吓了我一跳，我听到到处都是喊叫声、骂声，恰好也听到你骂人，往前一挤就看到你的脑袋了。"

克鲁格惊魂未定，揽着乌斯的肩膀说。

"NGL 科技集团的产品售卖，大家都等不及，警察也没有维持好现场秩序，都怪这些警察。"

乌斯的情绪还没有平静下来。

周围的人，还是乱哄哄的。男人的声音高亢，责问与骂声不断；女人则在寻找自己的同伴或者家人，希望尽早到安全的地方。

NGL 科技集团首席执行官马克的家乡，就是这里。产品上市发布会后，整个比勒陀利亚沸腾了。一个从这里走出去的科技集团大佬，成了当地人们的骄傲，更成为年轻人的榜样。

马克的形象在当地人心中，是与智慧和战争女神雅典娜相提并论的。加上凯瑟琳在发布会上成功的推荐："NGL 为您打开智慧之门!"让整个城市瞬间疯狂了起来。

克鲁格拉着乌斯在曼德拉广场上缓慢地向比佛利医院营销中心挤过去。

"克鲁格，人这么多，挤过去估计今天也不会有我们的名额，等我们挤过去，估计营销中心就下班了。"

乌斯看了看营销中心的楼顶，与他们现在的位置还离得很远。

"那有什么办法，总不能半途而废吧?"

克鲁格知道，即使往回走，也要挤过很多人，一时半会是走不动的，人太多了。

"我们往回走，可以去 NGL 科技集团在这里的分公司碰碰运气。"

乌斯提到 NGL 科技集团的分公司，克鲁格才想起来。

"分公司只是做研究的，不是销售与植入脑机接口的，去了也白去啊!"

"没去怎么知道，我们先去看一看。"

乌斯提议道。

克鲁格看了一眼前面的人群，也确定今天肯定买不到了，泄了气。

"好吧，我们去看看，估计也是白跑一趟。"

克鲁格拉着乌斯，回过头来，在前面用左手分开人群，向广场外挤了过去。

离 NGL 科技集团非洲分公司还有 3 公里，公路上已经是车连车、人挤人，又是水泄不通了。看到这个样子，克鲁格彻底泄气了。

这时候，韦宁从前面挤了回来，看到他们两个，高兴地喊了起来。

"兄弟们也来了！"

"刚才在广场看不到你以后，一阵骚乱，我们就想到这里碰碰运气。"

克鲁格回答道。

"这里也一样，我来的时候也是挤得厉害，听这里执勤的警察说，曼德拉广场发生了踩踏事故？"

"废话，人山人海地挤，肯定会踩踏。没有死人已经是万幸了。"

乌斯愤愤然地说道。

韦宁看了看乌斯，又看了看克鲁格。

"我在骚乱前就向广场边走了，想来这里试试运气，结果和广场那里一样。"

"你到 NGL 科技集团分公司了吗？"

克鲁格问道。

"是的，来的时候人还少一些。听到警察们在通报曼德拉广场的骚乱，听他们应对的办法，我感觉我们可以回家了。"

韦宁说完，一脸的笑。

"你听到了什么？"

乌斯问道。

"我听警察们讲，为了避免踩踏事件的发生，警察局决定，自明日起，我们市按街区逐一做登记，然后预约放号，这样既快又安全。"

韦宁说完，拉着乌斯的胳膊，又去拉克鲁格的胳膊。韦宁在中间，三个人一起向来的方向挤去。

与此同时，NGL 科技集团全球客户中心正式启用。在集团总部的 38 楼，一排排的工作位上坐满了统一制服、统一培训的工作人员，随时接听全球客户打来的咨询电话，并耐心做出解答……

7. 南海博鳌

在景色优美的玉带滩找人可不是一件容易的事。

玉带滩，一条狭长的沙洲玉带把河水、海水分开。一边是烟波浩渺的南海，一边是平静如镜的万泉河。这里融江、河、海、岛、山麓于一体，集沙滩、奇石、田园、海水、温泉、椰林于一处，真是人间仙境！

在玉带滩游玩，绝对可以让心情放飞，让心境感受星辰大海的洗涤。

田静从北向南走，一边欣赏风景，一边看着来来往往的游人，却一直没有看到她要找的人。

找人，是最让人心烦的一件事。因为你只确定他大体在什么位置，却因这个位置的大，而让你对风景的兴趣大减。

田静就属于这类人！爽快的个性，喜欢直来直去的性格，而一绕弯，则陡生烦躁。何况 9 月的海南，本就让人上火。

田静今天穿着蓝色的休闲裙，宽松、舒服。穿着拖鞋，踩着沙子。偶尔也沿着海水走一走，让温凉的海水，来平复一下心中的烦躁。

在离南端还有 300 多米的时候，田静看到一个穿着 T 恤衫、花裤子的瘦高男子。用一个薄帽子遮着脸，躺在沙滩上，而他的脚丫子却泡在沙滩上挖出的小坑中。小坑中的海水，与前面的大海相连，宛如一个汤勺，海水顺着勺柄流进汤勺。

就是他！

田静一路找来，拖鞋走得远了，脚不舒服，更让她生了一肚子闷气！

田静瞅了一下周围，没有什么可用的。顺手拿起两只拖鞋，轻轻地走向这个男人，在离他只有两米的地方，用力将两只拖鞋砸向他的肚子！

"哎哟……"

男子速度飞快地爬起来，盖在脸上的帽子掉了下来，露出他那帅气的脸。

当他的目光看到田静时，脸上的神情慢慢变回了嬉皮笑脸。

"大美女来了？这是啥？打我这么疼。"

刘博回身找打在他身上的东西，当看到是两只拖鞋时，又笑嘻嘻的。

"千金脚，脚千斤，怪不得。"

"你还有脸笑？知道多难找吗？去你住的酒店，没人。你倒是跑这里来了，若不是店主提示，我以为你让外星人劫持了呢。"

田静脸上的气还没有消，穿着拖鞋走了 3 公里，脚极不舒服。

这次虽然占了便宜，出了气，心理上却没有得到补偿。

"嘿嘿，你这双拖鞋和石头差不多，再往下一点，估计我这辈子都废了。"

刘博想调节一下气氛，总不能见面就吵架吧？再说，自己来的时候为了图清闲，就没有带手机。

"废了更好，你自己做断子绝孙的事，难道别人就做不得？"

论斗嘴功夫，田静那也不是善茬，斗嘴抬杠绝对不输高才生。

"对不起，我错了行吧？这样，今晚我请你吃海鲜大餐，弥补一下你受伤的小心灵，总可以了吧？"

刘博自知理亏，也只有祭出海鲜大餐了，这倒也和田静的胃口。

"行，不好好吃你一顿，你就不知道本姑娘不是好惹的。吃什么，吃多少，我说了算！"

田静故意气鼓鼓地说。

"没问题，随便吃。吃海鲜又不会胖，而且又营养均衡，这可是美女都爱吃的。"

刘博嬉皮笑脸地赔着小心，生怕再有什么意外把田静惹烦了，可就一时半会儿不会阴转晴了。

"那把本姑娘的鞋拿过来，给本姑娘穿上。顺便陪本姑娘欣赏风景，看看夕阳。刚才来只顾找你，忘了身在仙境，却心无仙意。现在本姑娘的意境来了，得好好满足一下。"

刘博把田静的拖鞋捡回来，放在田静的脚边。

"小仙女，抬脚，穿鞋。"

"这还差不多，终于有人样了。"

田静笑了起来。

"当女王就是有成就感！"

"切，穿上鞋就是女王了？"

刘博一脸的不屑，走到水坑前，把自己的人字拖在水里涮了一下，往脚上一套。慢慢走了几步，因为海水冲了人字拖之后，有点湿滑。

两个人边往回走，边欣赏河、海分隔、相融的奇观。两个人身边不断有三三两两的情侣牵手相对而过，脸上洋溢着亲昵的笑容。

田静用两手一抱刘博的右胳膊，"女王也得有护卫，这样有安全感。"

"切，两个单身狗取暖。"

刘博没有拒绝，嘴里说的话却很损。幸好陶醉在美景与此种情况下的田静，没跟他计较。

"两个单身狗怎么了？两个单身狗不就是一对吗？这个环境下，比兄弟强多了。"

田静嘟囔着，声音不大。喜欢就是喜欢，难道哥们儿的胳膊就不能抱？什么逻辑？

"也是，单身狗看风景，风景都是孤独的。而相互取暖的两个兄弟看风景，自己却也成了风景。"

刘博说完，略有感慨。

"你欣赏风景中的人，风景中的人也在欣赏你，这是相对的。你看夕阳下的河面，红彤彤，与晚霞呼应，这就是风景的相对。"

田静放下了右手，只用左胳膊穿过刘博的手臂，这样挽着胳膊舒服。

"你急着来找我有事？"

刘博这才想起来，田静走了这么远，找来干什么？

"我来找你肯定有事，先把今晚的海鲜吃了再说。"

"唯女子与小人难养也，孔夫子说得一点都不错！为了一顿海鲜，就可以什么都不顾了？"

刘博装作痛心疾首状。

田静反而更不着急说，看到刘博做作的样子，更是开心。

"怎么，工作狂？这么有责任心？"

"也不是，主要是心里放不下事，更不想被事吊着。没办法，就是这副贱坏子。"

刘博还没说完，自己都笑了。

"一点情趣都不懂，这么好的风景，不要谈事。事是自己找出来的，不是吗？"

田静把话说得富有哲理，这句话也确实是在理。

"好吧，皇帝不着急，太监急什么？我更不着急！我更想继续躺着泡脚，接天地海之灵气，育万物之精华。"

"屁，就你也能接受天地海之灵气？可别让你的脚污染了大海，让大海也有脚气，那可就麻烦了。"

田静撇了撇嘴。

"不吵架，好男不和女斗。再往前可就要打车了，我们先去吃饭吧，只有海鲜才能堵上你的刀子嘴。"

刘博高挂免战牌了。

田静一听乐了，"早就应该如此，男人没有绅士风度，怎么算有修养？学白上了，书白念了，官白当了！"

"哎哟，男人不绅士的后果有这么严重？幸亏你父母生了个女孩，不然不知道，这是谁家的野小子呢。"

刘博的话很损，自己心里还偷着乐呢！

田静报仇不过夜，听完刘博的话，报仇不过秒。挽着刘博胳膊的那只手，一伸就抓着刘博的肋下，使劲拧了一把。

"哎哟，疼死我了，你干吗？谋害亲夫啊？光天化日之下，哎哟。"

刘博疼得龇牙咧嘴。

"活该，以后损本姑娘，也要注意着点。这里人多，你大吆小喝的，别人以为这男人咋这么娘炮呢。"

刘博使劲瞪了田静一眼，却没有说话。

田静昂着头，以胜利者的姿态，又要去挽着刘博的胳膊。

刘博逃也似的躲开了。

"得了吧，蜜月期结束，离我远点，我还能多活两年。"

"切，多活两年，长寿就这么简单？"

田静的嘴得理不饶人啊。

"长寿不讲，男女有别总是对的吧？主要是把你当哥们儿，你也不让人省心。大老远来找我，我还得尽地主之谊，请你吃饭，我太亏啊。"

刘博说着看着田静，"没天理，没有王法啊！"

田静一瞪凤眼，"天理？王法？本姑娘就是天理，就是王法！这么大老远来找你，是你承诺的请客，现在要反悔，你还有理了？"

"嘿嘿，口不择言。是我请，请你吃海鲜，只要你吃得了，随便点。"

刘博笑嘻嘻的，让田静的气上不来了。

"好，那就去吃饭，再把领导的要求告诉你。先吃饭，让你心疼得夜不能寐！"

田静瞅着刘博的反应。

"秦主任有什么指示？"

"哼，想听？"

田静卖着关子。

"不说拉倒，耽搁了事，是你不告诉我，我可是没有责任的。"

刘博开始摆出一副死猪不怕开水烫的样子。

"随便，只给你透露一点点，你不负责任，有人让你负责任。"

"谁？"

"你的外国女性朋友来了。"

"外国的？"

"嗯，凯瑟琳要在会后拜访你，你就做好准备吧。"

"噢，多大的事。先去吃海鲜吧，据说美女吃了养颜美容又不胖。"

全球脑控智慧论坛

第一分会场内的会议进入了总结阶段。第一分会场的主题是：脑控到底为谁服务？

在会上，来自 E 国的科德列夫做了演讲，演讲的主题是《避免科技集团成为恐怖组织》，获得了全场的赞扬。

恐怖组织，这是个令人憎恨的名词！之所以憎恨，是因为总有极个别的激进人士，通过极端的手段来达到他的诉求与目的。而这个极端的手段，有时则意味着太多的无辜人为此付出生命！

恐怖组织是国际上的过街老鼠，人人喊打。但却很少有人透过现象看本质，去分析什么情况下，什么人、什么组织会成为恐怖组织。恐怖组织是谁来定义的？

主权与利益，是永恒的主题。而恐怖组织所诉求的、所要达到的目的，也在这个范畴之内。由此看来，恐怖组织所施行的恐怖活动，也主要针对他们诉求与目的的阻碍。谁阻止恐怖组织的诉求、目的，恐怖组织就针对谁，而谁就定义了什么组织为恐怖组织或者是恐怖分子。

一个社会团体，一个弱小的国家，乃至一个人，都会有自己的诉求，这个诉求的合理性存在问题的多面性。站在他们的角度，自己的诉求与目的是正当合法的，而这个诉求与目的受到别人阻碍与打压时，正当的途径就到此为止了。特别是当这个社会团体、弱小的国家、个人，都没有力量从正面与阻止他的人去抗争。那么，怎么办？

非对称打击！这就是这个社会团体、弱小国家、个人所采取的手段，去攻击敌人的弱处——社会舆论关注的人为制造社会动荡，以此来迫使敌人放手或者放弃对对方诉求与目的的阻碍。

恐怖组织需要重新定义！

脑控智慧的兴起，普通的恐怖组织已经消亡。而能够控制脑控的科技集团，如何避免成为恐怖组织，成为了本次论坛的焦点。

科德列夫高瞻远瞩，报告主题为《避免科技集团成为恐怖组织》，简明扼要，直指脑控控制核心，令参会者纷纷称赞，也让各位参会者陷入深深的思考中。

第二分会场是凯瑟琳的演讲，主题为《脑机、脑联之后的脑控方向》。NGL 科技集团首款产品在全球的热销，也让凯瑟琳名满天下。因为所有的广告及产品发布会，都有她的靓影。

NGL 科技集团的脑机接口产品在三个月内狂销 30 亿套！预约植入已经排到明年年初！NGL 科技集团的销售额突破 300 万亿美元，市值更是突破惊人的 8000 万亿！

NGL 科技集团的脑机接口尚且如此，可想而知，等 NGL 科技集团的脑联产品上市，与脑机接口相融合，估计其市值可能要突破一亿亿美元！

凯瑟琳在演讲中提出，脑机接口、脑联是脑科学的现在进行时，而脑控则是脑科学的未来。脑科学的突破，是人类历史上最伟大的事件，没有之一。

凯瑟琳更是对脑控技术的应用前景进行了宏观的描述。在脑机接口、脑联完成对接后，脑控技术将正式登场，让前面两项科技的优势发挥到淋漓尽致！

脑控是脑科学的未来，而现在，未来已来！脑控技术的应用，在杜绝犯罪、增强人类的智慧及对疾病的治疗和预防方面，都是开创性的成就。

凯瑟琳长达两个小时的演讲，把脑控技术与日常生活场景相结合，把脑科学的创新成就向参会者进行了深度分享。

在最后的提问环节，一位 U 洲的脑科学研究员问了凯瑟琳一个问题：脑控技术的未来趋势没有问题，但被心怀叵测的人利用，有无防范措施？

凯瑟琳说："针对脑控技术的应用，肯定有可能被心怀叵测的人钻空子，我们将竭力阻止这样的事情发生。同时，集团在加强应用控制站的制度完善，为今后有序发展奠定基础。"

第三分会场是刘博的演讲，演讲的主题为《新智时代的科技道德规范》。

刘博自去 E 国之前，回家与父亲交谈之后，在本次论坛之前一个月，又回家时，老爷子的思想初成，爷儿俩深谈后达成共识：由刘博出面，全面提出并推动在新时代背景下的科技道德标准。

刘博出面推广有三个优势：第一个方面，刘博本身为脑科学研究应用人员，对脑机接口、脑联、脑控有清醒的认知。

第二个方面，刘博经常参加国际脑科学论坛峰会，这些都是宣传和推广的最佳平台。

第三个方面，可以代表 H 国。做一个负责任的大国，对世界的健康发展，特别是对新时代社会秩序，贡献 H 国力量。

刘博从家回来后，与秦大元闭门密谈一整天。在获得秦大元的全力支持后，刘博把本次论坛的演讲主题确定为《新智时代的科技道德规范》。

当刘博完成演讲稿，在例行办公会上提起时，李睿、田静惊掉了下巴！全球脑控智慧论坛的主旨是谈论脑科学的研究方向与成果应用，而刘博却提出一个与此毫不相关的课题，这是李睿、田静没有想到的。

秦大元拿出主任的身份，并搬出副总指挥同意的大旗，才压下了李睿、田静的异议。

刘博在演讲中讲述了信仰的历史与背景，特别是分析了原始社会、农业社会、封建社会、资本主义社会时期，都统称为农工社会背景下的人类信仰基础与道德标准的基础。

人类已经进入了新的智慧时代。新智社会的背景下，人类新的信仰与道德规范及道德标准的制定，已经刻不容缓。

在新智时代，新智社会日常道德规范如何实施到信仰全人类化，特别是在脑科学的大发展背景下，什么样的道德规范标准或者说科技道德的标准才是普世的？

刘博在演讲的最后发布了一个消息："我会在今年年底，向全球发布新智时代、新智社会的第一个《智经》版本，供脑科学研究人员参阅，并接受大家的修改建议。完善的第二个版本，将通过脑联、脑控技术，向全世界人民推广并成为全球人的道德公约。"

刘博的演讲获得现场参会者的热烈掌声，全场起立欢送刘博走向后台。

欢送晚会在沙美村的一个渔家乐内，刘博作为东道主，专为宴请科德列夫、凯瑟琳。

渔家乐的位置极佳，位于小山的半山腰，可以俯瞰整个小村的风景，遥看万泉河。临窗看风景，入席品佳肴。刘博特意点了沙美鱼、沙美鹅两个特色菜。结果他们两个人边吃边夸，赞不绝口。

"我再敬二位一杯酒。"

刘博先干为敬，将杯中的白兰地一饮而尽。

科德列夫也毫不谦让，一口干了杯中的酒。

凯瑟琳则不同，喝的是葡萄酒，只是优雅地抿了一口。

"刘，虽然您的白兰地很好，但我还是喜欢喝伏特加，能够喝到家的味道。"

"白兰地与伏特加相差不大，不能将就一下吗？"

刘博斜着眼问科德列夫。

"将就？您喜欢酱香酒，我给您喝浓香的，您说一样吗？"

科德列夫反问道。

"呦，您还懂 H 国的白酒？要不要品鉴一下？"

刘博对白酒尤为熟悉，也较为钟爱。对各种香型的白酒颇有研究。

"现在还有什么是不懂的，对吧，凯瑟琳？"

科德列夫将皮球踢给了凯瑟琳。

"也有不懂的，那就是我们需要探究的未知，已知的整个人类都可以共享。根据我们的规划，在明年年初脑联产品上市，与我们的天链系统相连接。你、我、他将会随时、随地地交流而不是限制，任何人类已知知识、实时资讯将同步更新。"

凯瑟琳又喝了口葡萄酒，兴奋地对他俩描绘着马上到来的场景。

"只要我们都在天链，可以说随时随地都可以做到，心到神知！"

"心到神知？"

"心到神知？"

刘博与科德列夫同时问道。

"是的。比如，您想问什么问题，只要您想到我，我马上就知道您要问我什么！"

凯瑟琳得意扬扬地回答。因为喝了几杯葡萄酒，她的脸已经泛红，映着宴会厅的灯光，显得更加娇艳。

"啊，那这么说，人和人之间，将没有秘密可言？有点可怕。"

刘博的大脑正在快速地思考这件事。如果 NGL 科技集团的脑控技术市场化，任何人之间的交流则是史上最大的突破。

随时、随地而不受限制。

"凯瑟琳小姐，您说的随时、随地，是您与任何人的交流吗？"

睿乘密码
RUI CHENG MI MA

81

科德列夫对刘博晃着空酒杯，却对凯瑟琳问道。

"不是的，我说的这个随时、随地，是针对您认识的人、您的亲人与朋友，而不是任何人。"

凯瑟琳笑着，为她的研究成果而自豪。

"为什么不是任何人？"

科德列夫追问一句。

"同频！犹如电话号码，您得有他的号码，才会打得通啊。"

凯瑟琳调皮地笑了起来。

刘博与科德列夫早知道这样，但这一天真的来了，却又让人一时接受不了。人是世界上最大的矛盾体，因为这个矛盾体，一直住在你心里。

"我提议，为凯瑟琳干一杯酒，祝贺凯瑟琳的新研究马上落地生根！"

刘博与凯瑟琳一碰杯，一饮而尽。科德列夫也是照办，凯瑟琳也豪爽，一口干了杯中的红酒。

刘博喝了这么多，略有醉意，而科德列夫则酒兴正浓！

"刘，再陪我喝一杯，感谢您的盛情款待，也祝我们友谊长存。"

刘博一听，这酒得喝。

科德列夫是亦师亦友，后期会有太多的交集，为了这个，为了工作，酒也该喝。

"干，喝酒就一个字，干就完了。"

刘博此时豪气盖云天，一仰头，一杯酒又下肚了。科德列夫更是欣然而尽。

"刘先生，我敬您一杯。我获奖时，您是第一个祝贺我的人。另外，您答应我一个条件，我送您一个惊喜、一个礼物。"

凯瑟琳满目含春地望着刘博。

"什么礼物？还得有条件？"

刘博渐醉，眼中已经有了红血丝，半眯着眼睛问凯瑟琳。

"一个让您惊喜的礼物，不过需要 12 月左右才能给您。而条件嘛，就是给我一个拥抱，让我感受一下 H 国男人的胸怀是否温暖。"

凯瑟琳在酒精的刺激下，也是很大胆。毕竟刘博与她并不是太熟悉，因为工作原因及性情相近，冥冥中也有了几分喜欢与爱意。

刘博用手搓了搓脸，"真的假的？拥抱一下美女，还是获得诺奖的美女，就有一份礼物？其实，能和您拥抱，这拥抱本身就是最好的礼物。"

刘博说得没错，正常男人，怎么会拒绝美女的拥抱？除非脑子坏了。

刘博听凯瑟琳说礼物会让他惊喜，是什么礼物，不会是凯瑟琳吧？

也罢，不入虎穴，焉得虎子？既得美女拥抱，又得礼物，何乐不为？

刘博站起来，走向凯瑟琳，并张开了双臂。

凯瑟琳立马站了起来，迎着刘博，双手环抱着刘博的脖子，刘博环抱着凯瑟琳的腰，一个亲密的拥抱！

凯瑟琳抬起头来，看着刘博的眼睛，一跷脚后跟，迅速吻了一下刘博的嘴唇。

然后笑着逃也似的回到座位上。

刘博一时没有反应过来，太快了，太突然了！

科德列夫却鼓起了掌。

"我要见证一段爱情的开始吗？我的天，我是今晚最亮的灯！"

刘博回过神来，冲着科德列夫一瞪眼："切，我和凯瑟琳天真无邪，您起什么哄！"

"NO，您看凯瑟琳的脸红了。"

科德列夫的嘴可真是不饶人，把战火烧向凯瑟琳。

凯瑟琳挺了挺胸，又端起酒杯，"刘博，我们敬前辈一杯酒，祝科德列夫的研究成果光照全球。"

科德列夫一听就哈哈大笑，"没问题，帅哥、美女，干杯！"

在刘博他们干杯的时候，刚才刘博与凯瑟琳一吻的瞬间，恰好被一个路过房间的人看到，直到他们三个人干杯，才慢慢离去。

8. 加州

NGL 科技集团总部的新闻发布会在全球同步直播。

凯瑟琳正在发布会现场侃侃而谈：

"我们 NGL 科技集团的'微温生能器'研发成功，这也是人类历史上的第一次。大家都知道，NGL 科技集团的脑机接口已经全面销售，效果惊人。但是脑机接口需要与控制设备配套，才会进行输入式的知识提升，脑机接口本身并不工作，因为没有自带电能。

"NGL 科技集团自十年前开始布局'微温生能器'的研究。大家知道发电需要几个条件，但作用在人体的时候，用人的体温 36℃ 左右的温度来发电，这是之前想都不敢想的，也是实现不了的。"

凯瑟琳向发布会现场的人看了看，"今天，我们的第一代'微温生能器'上市了！'人的智慧无限，创新不止。'这既是集团首席执行官马克的名言，也是我们 NGL 科技集团的科研战略。在这一战略的指引下，'微温生能器'如约而至！下面，我介绍一下'微温生能器'的详细参数及本产品带给集团其他产品组合的完美补缺。这也意味着脑机接口、微温生能器、脑控系统与天链系统的闭环正式开始……"

在凯瑟琳举行发布会的同时，NGL 科技集团首席执行官马克的办公室内，马克与战略部总裁奥马正坐在吧台前品酒。

"马克，我们集团的产品迅速在全球热销，出乎我们的预料。但美中不足的是东方大国的销售占比极低！"

奥马边喝酒，边整理几份工作报告。根据销售数量显示，美洲、U洲、非洲的市场占有率最高，亚洲销售占比最低。

"我已经注意到这个问题了。"

马克边调酒，边对奥马说着。马克不仅关注集团的技术研发动态，更是对市场动态了若指掌。马克在有限的休息时间后，脑用量一直都处于超负荷状态。

"奥马，你有什么具体计划？"

奥马想了一会儿，举杯一饮而尽，似是坚定了信念，确实有些大胆。

"马克，我希望您与 MK 医药的 CEO 赖文思谈一谈，用曲线的方式，加快我们产品的市场普及。"

"市场普及？曲线方式？"

马克略有不解，但马上就明白了。马克给奥马调了一杯酒，正宗的鸡尾酒。

"我明白你的意思。本来这是我们的备用计划，想往后再拖一点时间。既然你想到了，那我就把这个计划提前，这样也有利于为未来造势。"

马克沉思了一下，"不过，事分两面，有利有弊！曲线的方式的确可以让我们第一步计划的第一个产品与第二个、第三个产品完美结合，但缺点也显而易见——经济衰退，最终会影响我们的整体收入。"

马克说完，抿了一口酒，从吧台出来，手里的酒杯与奥马一碰。

"马克，经济暂时会受影响。我认为，经济暂时低迷，反而会在后期对集团产品产生积极的影响，你看对不？"

奥马是战略总裁，自有他的一套思想理论。也正因为如此，他深得马克的信任，成为集团的 2 号人物，更是集团的核心人物，成为集团的双寡头之一。

马克耸了耸肩，扮了个鬼脸，"各有各的道理，只是这种方式目前有点激进。集团在前期不要树敌太多。不过，我最近两天去拜访赖文思。对他们而言，则是要进账的数额又是天文数字，而且是极佳的角度，名利双收啊。"

奥马笑了起来，"哈哈，我们总是善于成就他人，然后才是利己，这也符合我们的价值观。当然，我们也要给他们一个良好的回报。"

"这样，在他集团的疫苗与制剂中，都融入我们研发的'纳米传感机器人'，这样我们的计划就完美无缺了。我们这个产品不举行任何新闻发布会，更不能让各国的卫生部门知晓。这件事需要您与赖文思的战略部直接谈。"

马克与赖文思的合作，不仅仅是战略协同，更是狼狈为奸！

这也是马克让奥马与 MK 医药战略部直接谈的原因。

"好的，我会向 MK 的同人保留性地介绍我们的无性繁殖纳米传感机器人，也保证他的疫苗与制剂中没有明显的成分显示与不适。"

"好。还有一个问题，要你去执行。"

马克与奥马碰了碰杯，又吩咐奥马。

"什么事情？"

奥马喝了一口鸡尾酒，逐渐兴奋。

马克笑了笑，"当然，我们集团的计划进展顺利，对外合作也顺利，只是——"

马克停顿了一下，"有些科学家、名人、政客与我们的合作签约率还没有达到预期，我想让你去一趟中东，让中东的合作伙伴干一点粗活。"

"明白，这也是他们所擅长的，而且不会让我们引火烧身，又可以达到我们的商业目的。当然，后期这些不合作人的市场稀缺性，导致售价更高。"

奥马自然领会马克的意图，对于奥马而言，这也是他分内的工作，不会有大问题。

NGL 科技集团最近几年科技研发成果显著，从脑机接口上市、微温生能器发布、纳米传感机器人成功试制，每一个产品都是全球开创性产品。

如果说产品的研制人很牛，更牛的是，这些产品本身就是先用在自己人身上！这也是 NGL 科技集团的传统，也就塑就了 NGL 科技集团的研发与产品率先试用的闭环。越来越快的速度，使研发与科技创新进入新时代。

NGL 科技集团已经是强者恒强，最先进的研究成果用在自身，再用强大的自身去研究更优秀的成果。这样的强者恒强，远远地把竞争者抛开。同时，也就把自己放在了上帝的位置上……

S 市

已经 5:30 了，临下班刘博还在用水管浇灌研究所路边的绿化带。

刘博自上次论坛后不到一周，被转为研究所的行政处处长。明着是上了一级，由副主任改为处长，有副所长级别了。实际呢？

这就是明升暗降。个中原委，秦大元也给刘博透露过。

也是，无风不起浪啊。特别是在特殊部门的特殊位置。刘博外交活动多，认识的人多，特别是国外的风俗习惯与 H 国有很大的不同。在国外很正常的礼仪交往，在国内一部分老夫子眼里都是禁忌，而这不是说改就能改的。

刘博也没有怨天尤人，天性乐观。只要是工作，都尽职尽责地去做。再说，虽然在行政处，这些琐碎事对刘博而言，权当锻炼身体了。专业是脑科学，虽然原来的科室自己不带了，也不能去了，回家一样可以做研究。

刘博从来没有想过离开研究所，虽然凭他的资历，找份薪资优厚的工作易如反掌，会成为国际巨头争相聘请的对象。刘博的邮箱还躺着几十份邀请函，但他看都不看。

"失之东隅，收之桑榆。"这就是人生的主旋律，上帝给你关了一扇门，肯定会给你打开一扇窗！

在刘博成为行政处处长之后，表面与科研远了，与兄弟田静的感情却升温了。两人自上次在博鳌玉带滩挽手一走，也来了恋人的感觉。

只有刘博深知自己的处境，而且升职前一天，副总指挥单独与刘博谈过话。这次谈话事关机密，没有任何记录，刘博也从未对外人说起。

李睿与田静下班后从办公楼出来，看到刘博在卖力地浇树、浇花。

"刘处长，你不用亲力亲为吧，怎么也得给别人留碗饭啊。"

李睿开玩笑，却又有些心疼刘博。

刘博闻言，抬头看了看李睿和田静。

"没办法，后娘生的，又不是主力队员了，那就自认倒霉呗！上次田静说做园丁，结果成我的职业了。你们两个天之骄子，难不成要给我上上课？"

刘博一脸嘲笑，也是自嘲。

"知足吧，都是处长了，比我们俩高了两级。不用动脑，薪资待遇又高，得了便宜还卖乖。"

田静白了刘博一眼。

"切，谁稀罕这个处长？就是给我个酋长，我也不稀罕，这不是我的老本行啊。"

刘博说的是实情。职务调整后，他都没脸跟父母说。

一是离开了名义上的脑科学研究，父母可能会说他不务正业。

二是自己心理需要调整，当然，还得演好。这真是个挑战。

"哎，刘处长，就凭你的新职务，也符合我心中男友条件，要不要考虑一下？"

田静笑嘻嘻地问刘博。

"去，去，去。你这不是添乱吗？我怎么来的行政处，你还不知道吗？再说了，一对海尔兄弟，能有多大的火花擦？"

刘博心里感谢田静。但有时候人就是一个感情动物，面对田静的表白，心里有一些冲动。

"别自傲，下班了。收拾一下，我和李睿给你庆祝一下，祝贺你荣升处长。"

田静过来开始帮忙关自来水阀门，刘博与李睿收拾水管，放回到工具收容处。三个人洗洗手，嘴也没闲着。

刘博问他们俩：

"你们两个，打算怎么给我庆祝？"

"你一辈子都不会想到，猜一猜？"

田静调皮地问刘博，而李睿在一旁装作吹胡子瞪眼，看刘博的反应。

"你们俩真是活宝，给我庆祝，还要我请客。猜什么猜？你俩要是真心庆贺，那还不得巴结我一下，说不定明年我升了所长，也给你们俩升两级。"

"你可别自作多情，就你的情商能当所长？那我不得是个副总指挥？"

李睿的话，倒是也对。

"你当所长？吹吧，我怎么也是个所长太太。"

田静说完，昂着头，故意气刘博。

"得，你真不害臊。我能当所长，你这个太太还真难说怎么着。"

刘博感觉这二位不是来给他庆祝的，倒像是来涮他的，拿他开涮。

"不逗你了，我和李睿请客，你买单。吃完后你请客唱歌，我和李睿买单。折合下来，相当于 AA 制。我们俩本着为你省钱的原则，满意了吧？"

田静说的时候，一本正经。

刘博一听，这不就是我请客吗？"那，你们打算在哪里请客？"

刘博略为谨慎，有挨宰的感觉。

"我们就简单点吧，去天宫酒家。"

田静说完，乖乖地等刘博定夺。

"是啊，去天宫酒家，我们倒不在乎吃什么，我就是想体验夜晚在高空欣赏夜景的感觉。"

李睿毫不在乎地跟着说了一句。

"就是，我是既喜欢美景，又喜欢美食。自上次吃了香烧安格斯牛肩、鲜响螺炖象拔蚌后，一直念念不忘，一想起来，现在又要流口水了。"

田静是吃货上脑，心已经到了天宫酒家了。

"好吧，谁让我是冤大头呢？庆祝一下也无妨。"

刘博突然想开了，肯定是田静馋了。李睿只是个帮凶。也罢，最近田静对自己的关怀，也值得一顿大餐。再说，自己的工作调整，毕竟级别上来了，这也是一件喜事。

"田静一说，我也流口水了。我也有半个月没有去天宫酒家了，松茸赛贵妃，砵酒焗软壳蟹可是我的心头菜。出发！"

刘博把车开出来，李睿与田静先后上车，刘博一踩油门，车又快又稳地驶出研究所。

此时，站在8楼办公室的秦大元目睹了一切，他替刘博惋惜。这么优秀的脑科学专家，被研究所安排到了行政处，秦大元大惑不解。

秦大元为此去向副总指挥讨个说法，副总指挥三言两语就把秦大元打发了。秦大元也无奈，三个主力干将，少了一个。自己只能暂时兼任刘博的职务。没办法，越是高端的人才，越缺！

刚才秦大元看到他们三个人说说笑笑，又看到刘博开车带他们出去，肯定是喝酒去了。这帮兔崽子，也不礼让一下，太不懂规矩了。

　　转念一想，也是。自己的下属有难，自己却无能为力。唉，改天和刘博谈谈，大不了请这小子吃饭。毕竟是从我这里出去的，级别与我一样，下属成同事了，也欣慰。只是秦大元不舍得刘博去别的部门，还是想刘博继续做脑科学研究。

　　秦大元一看表，6:40，也该下班回家了。让爱人炒几个菜，自己独酌几杯，也算是为刘博祝贺吧。

9. 黑白

刘博在家中翻看新闻，鼠标在轻而薄的全频显示屏上不停地滑动。

刘博不是没有去上班，在家休息，而是被停职了！

这件事说来话长！

上个月秦大元因为身体原因，请假住院疗养。所里从中院调梁文坚来代理主任，梁文坚自恃中院的背景，有些骄横，不把这些人看在眼里。

前几天行政处的园艺师李大勇在浇树时，一不小心水管歪了一些，浇了正在下车的梁文坚一身水。

梁文坚当天早晨和爱人因为小舅子的事吵了几句，憋了一肚子闷气。刚下车，突然水从天而降，瞬间成了落汤鸡。白衬衣湿透了，成了薄纱。裤管的水滴滴答答地不断地滴着。

梁文坚顿时火气就上来了，指着李大勇就骂："你是怎么工作的？我刚下车你就喷我一身水，你是故意的吧？你有素质吗？"

李大勇是刚应聘的园艺师，对研究所的人不熟悉，年轻人也是血气方刚。这下可好，针尖遇到麦芒了。

"对不起，刚才没看见，我下次注意。"

李大勇还是很诚恳地道歉道。

"没看见？我这么大一个活人你看不见，你的眼瞎了吗？还有下次？我告诉你，你不会有下次了。"

梁文坚的声音很大，早上来上班的人停车后都围过来，看看发生了什么事。慢慢地有十几个人在围观，但没有一个人上来劝架的。

梁文坚刚来不久，在这里认识他的没几个人。而李大勇是行政处刚招聘来的园艺师，也没有几个认识他。

当刘博赶到的时候，正是梁文坚大发脾气的时候。

"你不用拿没看到当借口，你就是故意的。你这样没有素质的员工，必须马上开除。手下有这样的员工，领导也好不到哪里去，最好是一起开除！"

梁文坚的话还没说完，李大勇猛地向前一步，一拳打在梁文坚的左眼上。

梁文坚没想到有人敢打他，这一拳把他打得身子向后一晃。

李大勇顺势向前，抬起一脚，一脚踹在梁文坚的肚子上。梁文坚直接躺在了地上。在躺下的同时，后脑勺结结实实地磕到了地面上，顿时昏了过去。

梁文坚躺的地方，正是李大勇浇水的地方，地上的水和尘土一混，把梁文坚的白衬衣，从薄纱又改成了泥黄色。而梁文坚则从落汤鸡直接变成了黄水狗。

刘博跑过来，制止了又要继续上前打梁文坚的李大勇，让李大勇去办公室等他。

刘博马上蹲下来，叫了声梁文坚："梁主任，我是刘博，您听得到吗？"

梁文坚没有反应。

刘博拿起梁文坚的手腕，一把脉，脉搏跳动正常，这才放了心。

刘博一边招呼几个人过来，把梁文坚抬起来，走向研究所的商务车，一边叮嘱处里的一个下属，赶快去拿件上衣，给梁文坚换上，然后抓紧去医院。

刘博马上给所长打电话，把这件事向王所长简略地说了一遍，然后去办公室看看李大勇。

梁文坚在医院，王所长和所领导班子成员都去看望他。

梁文坚躺在床上，声泪俱下："王所长，您可要主持公道啊！把我从中院调过来，我本是不愿意来的，您可是两次去我们院里，让我来主持工作的。结果呢？来了不到一个月，就被你们的园艺师打成脑震荡了！"

王所长赔着笑脸，恭维地说："梁主任，这件事事发突然，我已经让刘博把园艺师李大勇开除了，这儿有李大勇的道歉视频，您看看……"

"看什么？看到他就头疼！为什么不报警拘留他？"

梁文坚的确恨李大勇，这一架打得，自己还没有反应过来呢，就躺地上不省人事了。太丢人啊！

"梁主任，您安心养伤，工作的事情，先让李睿顶一顶。您大人不计小人过，即使拘留了李大勇，也于事无补。只要您好好地养好伤，别的都是小事。"

王所长不卑不亢地说完，与梁文坚握手就要走。

"王所长，您一定要给我个交代，不然我就给我们院长打电话，调我回中院。在这里工作，有生命危险啊！"

梁文坚的脸面在哪里丢的，他就想在哪里找回来。堂堂一个主任，被园艺师打了，他的心情怎么能好？怎么能平静？毕竟养尊处优惯了，脑袋转不过弯来。

"梁主任，您先别急着给院长打电话，我今天和所领导班子来，就是解决这个问题的。您看这样吧，我们回所里商量一个方案，再答复您。您先安心养伤吧。"

王所长及几个副所长，早就料到梁文坚会这样，但也没有办法。当初把梁文坚调过来，本想借助他的学术优势，只是没有想到他与人处事这么偏激。

"王所长，您一定要秉公处理啊。行政处的员工打人，肯定与刘博脱不了干系，您可要给我一个交代。把我打成这样，刘博就能名正言顺地到我的这个部门当处长。"

梁文坚知道，刘博以前在他们处是部门主管，也是刚当处长。刘博的专业又是梁文坚所顾忌的，纵容手下打人也是顺理成章的。

"梁主任，您先别下结论。刘博最近在行政处管理的还是可以的。我们先回去，把事情调查一下，再给您一个答复。好吧？您安心养伤。"

王所长带头与梁文坚握手，一行人就打道回府了。

两天后，刘博被请到王所长的办公室，王所长把这件事的处理结果告诉了他：停职反省！

刘博一听就蒙了，"我有什么错？"

"刘博，你没有犯错，先犯错的是梁文坚，然后是李大勇。这是我们都知道的事情，但也没有办法，梁文坚是中院的人，中院是我们所的主管单位，他来临时接替秦大元的工作。我和所里的领导考虑欠妥，但事已至此，我们也是为难，也希望你能够理解。"

王所长虽然心意难平，也只有挥泪斩马谡，但对刘博来说，可真是"城门失火，殃及池鱼"啊！

"王所长，牺牲我倒是没什么，把我停职了，我的工资待遇及以后的安排，所里有计划吗？"

刘博也是，上次因为凯瑟琳的一个拥吻，就告别了脑科学的副处长，来打扫卫生来了。

而这次，更是让人啼笑皆非啊！

王所长见刘博没太在意个人得失，也就把所里的安排和他透透底："刘博，所里让你停职，只是为了安抚一下梁文坚。他出院一段时间后，你再回来上班。不然，他一直住院也不是办法。另外，他一旦向院长反映问题，会弄得我们很被动。我们挥泪斩马谡，也是情非得已啊。"

"我怎么这么倒霉啊，这是连降三级到扫地出门的节奏。王所长，我的牺牲，可都是为了所里啊。"

刘博笑嘻嘻地抱怨着。

"成大事者，必经波折！刘博，这也可能对你的成长有利。你的级别待遇不变，你就当回家休息度假一段时间，不就行了？"

王所长喜欢刘博的个性：不太在意个人得失，为了组织有大局观。

"唉，没办法。朝中无人难做官啊，说不定哪天就让我土豆搬家——滚蛋了。"

"让你滚蛋？你走了，秦大元如果长时间不回来，梁文坚是坚持不了多久的，他的个性决定了他。不说他了，就说说你最近的研究吧。我听说你最近在研究'灵眸'？"

刘博一听王所长问起他的研究，就知道又被人走漏风声了。

"王所长，是的。我们这个团队自组建以来，盯的是西方国家及E国的研发思维。跟在他们的后面做研发，我们的技术只能是跟随，想超越肯定是难上加难。所以，我这段时间做了一个论证。"

"论证？什么结果？"

王所长是研究所的领军人，对科研的方向感很强，这也是科研人的优点。

"流水不腐！"

刘博开始对王所长讲脑机、脑联、脑控，最后的结果就是人类的发展一日千里。短短几十年，科技成就远超工业革命以来300年的成就，已经可以用智慧革命来命名现在的时代。

人无完人，社会及科技也一样，有优点就有缺点。有缺点就必须去找解决方案。

刘博通过大量的预测后认为，"灵眸"是未来激活脑控的唯一出路。

王所长听完也异常兴奋，非常认同刘博的"灵眸"系统。回到眼前的问题，王所长对刘博也另眼相看。

"刘博，我同意你的计划。不过你的计划再也不能泄露了！现在这个事情是个契机。借这个事情，把你停职，在表面上做好文章，让所有人都认为你顶雷了。这样你就可以安心地在家搞你的'灵眸'系统。有什么问题，可以让田静协助你。你们的真假情侣关系，反而是一个很好的掩护。"

王所长这样安排确实有道理，也是比较合理的，这样可以让刘博专心做研究。

"王所长，关键是研究经费，没有经费、没有设施，这都搞不齐，在家怎么行啊？"

刘博的担心是有道理的。一是家里空间小，根本就不可能放下那么多的设备；二是经费确实是个大问题，高精尖实验仪器，从购买、安装到调试都需要经费。

"这个你放心。这样吧，我把所里设备科二楼仓库清理后给你使用，但要绝对保密，上下班时间尽量错开。你可以把车开到设备科的地下停车场，有专用的电梯，这样可以掩人耳目。"

王所长想了想，"所需的费用，走所里的专项资金渠道，你可以让田静随时找我。"

"好，那就先谢谢所长大人！我后天让田静把预算给您。我计划分两步走：第一阶段，我可以在家办公，主要是完善对眼系统的理论。这个阶段在家办公没有问题，我注意保密流程就可以。

"第二阶段，也就是把实验步骤、流程和操作重点考虑好。所需的仪器设备要提前到位，和您讨论技术方案后，我就着手做相关实验。"

"好，我同意你的两步走，既务实，又可行。另外，最近 NGL 科技集团的市场与科研声势很大。领导层要求我们尽快有所突破，这也是调梁文坚来所里的原因。相信在他的领导下，科研方向会很快有部分成果。"

王所长明白，国际环境越来越严峻。以前的工业革命是在制造业的技术创新，都是追求提高生产率，而现在的智慧革命，和工业革命相比，已然是云泥之别！完全是一日千里，真的是一日千里！

中院对王所长压任务、卡时间，这不仅仅是院里的意思，也是国家领导人的意思。

H国必须尽快拿出自己的智慧革命标准，在保持领先的同时，一定要有自己的独到之处。

"另外，非洲突发的疫情，却在U洲迅速传播。你回去顺便关注一下，我认为这里面有不可告人之处。"

"好，我明白。王所长，那我回去了。行政部的工作交接就不用办了，直接让王德海副处长负责就行。一是我在行政处的工作时间不长；二是王德海是行政处的常务副处长。"

刘博认为这样比较合适，不然交接、审计等工作又要浪费一周时间。

"好，我同意。你就回去吧，下周二让田静把你的费用预算给我。我特批后，抓紧落实相关设施，也可以让你早点开始第二步。"

"王所长，我走了。只是这样走，所里人都会议论我，我走了还有一锅。唉，后娘家的孩子，苦啊！"

刘博调侃自己，也确实有些忍辱负重的意味。

"好了，好了。别在我面前装可怜，谁不知道你？天性乐观，泰山崩于前而色不变，还可以顺便淘几块泰山石。另外，你和我单线联系，这样可以更好地协调你的研究。"

王所长又叮嘱几句，刘博就回家了。

刘博回到家，屁股还没坐到沙发上，手机就响了起来，一看是田静的电话。还以为是王所长安排田静和他对接工作呢，乐呵呵地接通了电话。

"喂，美女，是不是配合我工作，感到迫不及待啊？"

刘博没有在意对方的情绪，开心地问道。

"切，你还挺高兴，所里的文件你看了吗？梁文坚和李大勇打架影响恶劣，处理结果怎么是让你停职？你知道吗？"

田静无法理解。所里因为上次的事情，把刘博调到行政处，现在倒好，直接停职了。

"田静，电话里一句两句说不清楚，你下班后来我家吃饭，我把事情的来龙去脉和你说明白。另外，王所长最近会找你，让你配合我，你要做好准备。"

刘博也不想和田静在电话里多说，很多事情，电话里说多了，肯定坏事。

"好吧，我下班后过去。一会儿见。"

田静的电话刚挂，李睿的电话就打了过来。

我靠，不明真相的群众挺积极啊。

"书呆子，什么事？"

"什么事？你不在所里？"

李睿以为刘博在所里呢，这可是上班时间。

"没有，在家呢，是不是有爆炸性的新闻？"

刘博故意问道。

"炸你个头，所里的文件通报，刘博同志因为对行政处员工管理不当，负有领导责任。现给予停职处分！你有何感想？"

李睿也是着急。

项目要加快进度，而作为项目的三驾马车之一的刘博，却离项目越来越远了。从项目处调到行政处，这次更好，直接停职了。

"皇帝不急太监急！没事，此地不留爷，自有留爷处。凭我的资历，还怕没工作吗？"

刘博也是这样宽慰自己，而今别有一番滋味。

"我又不是太监，我不急！而是原来你科里的几个，大刘、老吴、老孙他们带头，一会儿去找所长讨个说法。说你从副处长调行政处就是大材小用。这下可好，直接停职，这样浪费人才，他们也无法工作了。"

李睿把这件事一说，刘博也觉得不妥。所里这样处理，梁主任倒是满意了，但那些研究员可就在心里做对比，也确实烦人。

"书呆子，你出面劝劝他们，就说我说的，让他们先冷静冷静，不要一时冲动。今天晚些时候，我给他们三个人发邮件，说一下事情。"

"好吧，不过你可要补偿我。自从认识你后，整天得为你提心吊胆，还要偶尔为你擦屁股。唉，我也是服了你了。"

"书呆子，这就对了。心态要好，能成大事者，遇事有担当，这一条你还是不错的。"

"得了吧，我先去和他们打个招呼。这件事闹大了，对所里的研究人员影响不好。都是你小子惹的，不让人省心。"

李睿说完就挂了电话，去找他们。

刘博摇了摇头，这都是什么事啊。想了想，给田静发了个信息，让田静下班后，拉李睿一起来吃饭，顺便做做他们俩的工作。

在梁文坚顶不起来的时候，要保证项目的正常进度。

刘博亲自下厨，做了几道鲁菜。脆皮大肠、葱爆海参、糖醋鲤鱼、木须肉、拔丝山药、炒鸡。

田静和李睿来刘博家也没客气，洗洗手坐下直接开吃。

田静直赞葱爆海参和炒鸡做得地道，而李睿吃了两块脆皮大肠后，却叫了起来：

"你下岗了，也不能这么抠啊，这么好的一桌子菜，怎么也得来几瓶酒啊，不然可惜了这几道菜了。"

"就你事多，难道我失业了，你就这么开心？好吧，喝什么酒？"

刘博也想喝酒，但碍于田静在，怕自己酒后失态，那就麻烦了。刚停职就喝醉了，总会让人误解。

"交人交心，喝酒喝魂。肯定喝汾酒，你上次拿的青花瓷不错，又不贵，来两瓶喝吧。"

李睿喜欢品酒，很少喝大酒。刘博则是喝应酬酒，心情豪迈，来者不拒。

"喝两瓶，你行吗？我们一人一瓶有点多，可别在我家喝吐了，没法收拾。"

刘博喜欢做菜，却最烦洗刷。

"放心吧，喝不多。两瓶酒，三个人，怎么会多？"

"三个人？田静你也喝酒？"

刘博还没见过田静喝酒，更何况是白酒。

"打住，有条件。你俩喝酒，是两个。我是女孩子，最多是半个。从这个角度讲，你俩一人八两，我喝四两，可以了吧。"

田静喜欢红酒，能喝几杯。但真要喝汾酒，53 度，心里还是比较忐忑。

"H国酒魂，不喝酒魂，怎么做人上人？"

李睿这句调侃，有点高，也有些得罪人。

刘博从酒柜底下拿出两瓶青花瓷，听李睿这么一说，就开始抻他："扯淡，人上人不是都喝台子吗？开国大典喝的是汾酒。后来因为汾与分同音，略有忌讳，所以后来改为台子了。"

"管他呢？开国大典已经奠定了汾酒的地位，这是不会错的吧？给我倒酒，别说那么多废话。"

李睿又吃了两筷子葱爆海参，"你小子，菜做得这么好，也是个好男人。都说事业失意，情场得意。你工作一路下滑，是不是收获爱情了？"

"海参都堵不上你的嘴？"

刘博给三个酒杯倒上酒，端起酒杯，"我们三驾马车是驶向未来脑科学的，现在只剩下两驾马车齐头并进了，我这驾马车先歇会儿。我提议，为我们的使命干杯！"

"切，都把你停职了，你还提使命？自命不凡。"

李睿今天话有点多，基本上都是抻刘博的。

"世事无常，有时候曲线也可以救国。结论现在还不能下，我们老祖宗不是常说盖棺定论吗？你急什么？"

刘博的话说完，干了杯中酒。朝李睿一举杯，意思是我已经干了，你喝酒吧，叨叨有什么用？

李睿把酒干了，对着刘博晃了晃酒杯。

刘博给李睿把酒倒满。田静喝了半杯，刘博又给田静续满，也给自已倒满。

三个人这次喝得比较一致，没有说话。

因为干了酒，一线喉的感觉，就是那酒顺着喉咙、食管一路火辣辣烧到胃里。这种感觉，需要用菜压压。三双筷子伸向盘子。

"刘博，这几天新闻看了吗？"

田静一边吃，一边问刘博。

"什么新闻，哪类的？"

"非洲一种病毒暴发，不久后 U 洲大面积暴发，死亡率惊人，达到6%。现在媒体报道很多，U 洲议会正在讨论采购 MK 集团的特效药和疫苗。而《独立报》则抛出阴谋论，让议会进退两难。"

"看过一些，近些年的疫情，总是莫名其妙地突然暴发。然后疫苗接种、特效药问世，再然后疫情突然消失。这样的新闻已经司空见惯了。"

李睿说着话，手可没闲着，筷子夹了一个炒鸡腿，吃着鸡腿才不说话了。

"疫情起因突然，自然是有人为的痕迹。联想到 MK 医药的 CEO 赖文思与 NGL 科技集团首席执行官马克同是密党，背后的故事耐人寻味。

"U 洲议会卫生议员曾说：疫情在非洲暴发，非洲却不控制疫情，让其蔓延至 U 洲，要追究非洲的责任。同时说 U 洲全民接种疫苗前，必须对 MK 医药的疫苗进行彻底的检测。结果就是 MK 医药不回应，不到一周时间，U 洲的死亡人数又翻了一倍。"

田静说完，一脸的伤感。

刘博想了一会儿，才慢慢地说道："疫情的高传染性、高死亡率，足以让 U 洲议会压力山大，民怨四起。U 洲议会只能选择防治结合，无论是哪一方面，都受限于 MK 医药。看来 MK 医药又要大发横财了。"

"U 洲议会应该没有别的选择，毕竟 U 洲的药企要么被 MT 国收购，要么被 MT 国资打压得举步维艰。U 洲议会妥协是早晚的事。"

李睿嘴腾出来了，也接了一句。

刘博向李睿、田静一举杯，"静观其变吧，估计需要时间来验证。如果疫情与 MK 医药、NGL 科技集团有关联，股市、销量都会有所波动。来，我们再干一杯。"

三个人这次碰杯一干，酒入喉的感觉舒服了很多。喝高度酒就是这样，第一口的感觉比较冲，一线喉。当你喝第二口、第三口的时候，品到的却是绵柔。

这杯酒喝下去，只有田静急于去夹菜，李睿与刘博又谈论另一则新闻。

"上午我看了路透社的一条新闻，前一届的诺贝尔物理学奖得主在中东被绑架，目前还没有接到绑匪索要赎金的信息。"

刘博吃了口菜，放下筷子，略有所思后说："这个新闻我看了，令人吃惊，但不震撼。我看凤凰资讯，列举了最近一个月被绑架的科学家、政客等多达 50 人！"

李睿品了口酒，抿了抿嘴唇，"有这么多？有没有其他的分析？"

李睿感到吃惊，50 人，这可不是小数字。绑架者的目的是什么？

"目前还没有反馈，只是希望这个数字不要继续上升。不然，这类精英人群就感到人人自危了。"

"放心吧，书呆子他们不需要，你很安全。"

刘博一句话，让田静笑了起来。

"倒是你，有没有可能被绑架？美丽与智慧并融，可是基因好，或许有大用。"

刘博开了田静一句玩笑，突然明白了什么。

"我明白了！你们最近关注 NGL 科技集团的新闻，特别是关于售卖智慧思想的。我倒感觉 NGL 科技集团的尾巴，马上就要露出来了。"

刘博兴奋地说道。

"还不宜过早下结论，NGL 科技集团的脑机接口销售火爆，而且配套的智慧产品众多，目前还没有看到有走偏的趋势。"

田静分析得也对。毕竟目前 NGL 科技集团配合脑机接口销售的智慧产品，多为常识性的、专业性的、实用性的。所销售的产品中与科研大佬、名人没有任何关系。

"NGL 科技集团的脑机接口，只用于向人脑灌输，但没有公布可以提取的读取研究，抓人有什么用？"

李睿一说，大家觉得也有道理。脑机接口只用于定向智慧的灌输。而灌输的却是常识，并没有解决读取人脑记忆的问题。

"难道，NGL 科技集团已经解决了人脑记忆读取？我们没有得到任何信息。"

刘博摇了摇头。

"如果 NGL 科技集团已经解决了这个问题，那么我们的压力就加大了，而且我们超车的机会越来越少了。"

话题一下沉重了起来，也让后面喝的酒如同白水。两瓶酒很快见了底。

田静与李睿怎么走的，刘博没有注意。刘博的心都被记忆读取抓走了，仿佛进入了游离状态。

刘博太明白记忆读取的重要性了，部门里的研究刚开始上马，离实验成功尚且很远，更何谈商业化？

想起这些，估计最近几天都要失眠了。

10. U 洲

在布鲁塞尔召开的 U 洲会议上，就引进 MK 医药疫苗与特效药的议案，出现了前所未有的争吵！

暴发在 U 洲的疫情，被 U 洲环境、公共卫生和食品安全委员会定义为 G 病毒。该病毒具备通过空气传播的特性，而且潜伏期仅有 3 天时间。3 天的潜伏期，预示着该病毒强大的繁殖能力，而从发病到死亡，也仅仅为一周时间。

G 病毒源于非洲，暴发第二轮疫情后，进入相对的稳定期。当然，MK 医药功不可没。非洲疫情的稳定，符合流行病的特征，但在 U 洲，则完全是两个样子。

自春天在 U 洲暴发 G 病毒以来，在短短的两个月内，U 洲感染人口超过 3 亿人，死亡人数更是高达 600 万人。

整整 600 万的鲜活生命，在对抗 G 病毒中去世。可想而知 U 洲民众的怒火和 U 洲政府的焦虑。

U 洲议会作为洲治性议会，具有立法、监督、预算和咨询的权力。而 U 洲议会在本次疫情中的不作为，让整个 U 洲都坐在了火山口上！

是火山，总会爆发的。U 洲议会犹如一个炸弹引信，稍有差池，带来的不仅仅是灾难，更是 U 洲议会的灭亡。

U 洲议会内部派系林立，28 个成员国拉帮结派，这样的政治生态，让 U 洲议会议长冯·克里斯腾一筹莫展。

在上次会议上，环境、公共卫生和食品安全委员会主席麦克福尔着重介绍了非洲 G 疫情的现状，并表示疫情有加速加重的迹象。

麦克福尔在演讲最后提出了两个建议：

一、加快引进 MK 医药的疫苗和特效药，这是目前唯一的解决途径。

二、要求 U 洲公共卫生署，对 MK 医药的疫苗及特效药做彻底的检测，扫除未知风险。

麦克福尔的话刚说完，即遭到预算委员会主席斯特伯格的批评。斯特伯格直言："U 洲议会的预算早已超标。如果全额买单，疫苗及特效药等费用，将会让 U 洲破产！"

斯特伯格强调，公共卫生所需费用需要平衡，更需要从长计议。

斯特伯格的话未说完，即遭到麦克福尔的痛斥：

"在 U 洲民众的生命面前，预算超支及 U 洲破产，都不值一提！"

麦克福尔继续说，"如果 U 洲议会不能在最近达成医疗措施的共识，那么，我们在一个月内，将面临 U 洲有史以来最大的灾难。预计死亡人数将超过 U 洲人口总数的 60%！远超中世纪黑死病带给 U 洲的灾难，甚至让 U 洲的经济退出世界的舞台。"

U 洲议会副议长劳埃德支持麦克福尔。劳埃德说："我们议会每在这里拖一分钟，就可能有一万人感染 G 病毒，其中会有 6000 人死亡。"

劳埃德讲完，会场中一片寂静。这也是麦克福尔期望的，因为生命只有一次，谁也不能例外！

会议上分成两派，争吵到最后，也没有达成共识。

议长克里斯腾宣布休会，两天后在斯特拉斯堡召开决议会议，确定最终议案，把 U 洲从疫情的泥潭里拖出来。

麦克福尔在会议结束后，由司机送回家中。

夫人丽金娜为麦克福尔脱下西装，挂在衣架上。

"亲爱的，看你有点心情不好，是不是要把工作的情绪带回家来了？"

丽金娜略带着玩笑的腔调问麦克福尔，她可不想因为麦克福尔的坏心情，影响晚餐和生活。

麦克福尔拥抱着丽金娜，亲吻了丽金娜的脸一下，"亲爱的，我真不是故意的。你知道工作就是工作，生活就是生活。但刚刚结束的会议，与我们的生活有关，更与我们的亲朋有关，就是这该死的疫情！"

麦克福尔说完，耸了耸肩，举起了双手，"好吧，不提了。希望这一切都可以在斯特拉斯堡解决。"

"这就对了，上帝的归上帝，恺撒的归恺撒。现在是上帝时间，来吧，亲爱的，我们开始享用晚餐。"

丽金娜走到餐桌边上，给麦克福尔倒了杯餐酒，自己也倒了一杯。

"哇，今晚的晚餐这么丰盛。你做的啤酒炖牛肉可是美味，必须好好地喝一杯。"

麦克福尔与丽金娜一碰杯，喝了一小口葡萄酒，"孩子们都还好吧？我这边一忙，把孩子们都忘了，抱歉。"

"孩子们都很好，女儿在大学管理科学得不错，也是希望尽量减少疫情的影响。儿子的中学还可以，校方提议在学校住宿，以减少与外界的流动，借此希望杜绝疫情在学校的传播。我们两个人，难得过几天两人世界，算是因祸得福。"

丽金娜微笑着说完，向麦克福尔眨眨眼。

"也好，工作的归工作，我们的生活归我们，干杯！"

麦克福尔来了兴致，对啤酒炖牛肉赞不绝口，称赞丽金娜的雪维菜炖鳝鱼很合胃口，也赞根特鸡汤美味，夸得丽金娜心情大好。

"亲爱的，我还有一道菜没有上呢！"

"噢，是吗？"

麦克福尔看着丽金娜的眼神，恍然大悟，"哈哈，那我们一会儿再尝。"

丽金娜脸色微红，"生活的归生活，你的都归我！"

"你可真有点霸道，你的也是我的。"

麦克福尔开心地说着，喝完了杯中的酒。

"亲爱的，你休息一会儿，我收拾一下。"

丽金娜说完，开始收拾餐桌。

"丁零、丁零、丁零——"

麦克福尔平时家里很少有人来访。

难道是会议的事情有人来沟通？麦克福尔走向房门，从门后显示屏上看到一位面色偏黑、留着胡子的中年男子，站在门前按铃。

麦克福尔想了想，把门打开了。

"您好先生，您找哪位？"

"您好，我想拜访麦克福尔先生，请问您是吗？"

来人拿着一个文件夹，穿着西装，显得文质彬彬。

"我是麦克福尔，请问您有什么事情？"

"我在新闻中看到 U 洲议会的争论，民众都支持您的意见，希望尽快结束疫情。所以我来拜访您，想做一个专访，我是路透社的记者，这是我的名片。"

克里斯特把名片双手递给麦克福尔。

"很抱歉，我在家里不谈工作。这是我太太要求的，您看哪天去我办公室谈吧，可以吗？"

麦克福尔不在家谈工作，这不仅仅是丽金娜的要求，更是为了不把工作情绪带回家。

特别是在 U 洲议会的争吵，更让人气愤。这个话题不能再继续了，不然会影响接下来的大餐，麦克福尔想着，就要关门。

"好吧，麦克福尔先生。我给您看样东西，我就告辞了，可以吗？"

克里斯特征求麦克福尔的意见。

"好吧，您要给我看什么？"

克里斯特向前一步，进入房门内。同时，把文件夹向上一托，用右手打开文件夹。

麦克福尔还没有看清楚文件里是什么，克里斯特的右手赫然拿起一把细长的匕首，一下子捅进麦克福尔的心脏！

克里斯特左手扔掉文件夹，伸手捂住麦克福尔的嘴。右手抽出匕首，激涌而出的鲜血，溅得克里斯特前胸全是。克里斯特又把匕首捅进麦克福尔的前胸，使劲顶到底。

麦克福尔睁大了眼睛，直盯着克里斯特，全是惊讶！而嘴里呜咽着，却发不出声音。

血，顺着麦克福尔的白衬衣、裤管，在脚底下的地板上延伸开来……

克里斯特把麦克福尔靠向墙体，麦克福尔的身体渐渐软了下来，脸色也更加苍白。

克里斯特抽出匕首，在麦克福尔的裤子上蹭了蹭，转身走出房门。把房门带上，向门前的车走去。

丽金娜在厨房忙完，听到房门响，走过来一看，天啊！

"亲爱的，怎么回事啊？"

丽金娜跪在麦克福尔身前，捧着麦克福尔的脸，眼泪瞬间就流了下来。

丽金娜瞬间手足无措，只好抱起麦克福尔的头，看着麦克福尔，号啕大哭。

突然，丽金娜想起救护车，报警！

丽金娜哽咽着，拿着电话的手一直抖，拨号总是按不到想按的数字。

丽金娜着急地把左手向桌子拍了两下，颤抖着终于拨通了报警电话，"我是丽金娜，我的丈夫麦克福尔被人用刀捅了前胸，麻烦您快点叫救护车过来！"

丽金娜的声音很大，近乎是喊着。

丽金娜费了很大的劲才把电话打完，嘴张得大大的，在痛哭中深深吸了一口气，尽量让自己冷静下来。

丽金娜感觉身体很沉重，慢慢走向麦克福尔。

十分钟后，刺耳的警笛来到了麦克福尔的家门前停下。

丽金娜费了好大劲，才把房门打开。

救护人员急匆匆地走进房内，一边检测麦克福尔的生命体征，一边把麦克福尔抬上担架。送到救护车内后，疾驰而去。

一位警察过来安慰丽金娜，其他几位警察开始在现场勘探取证。

当冯·克里斯腾听到麦克福尔遇刺的消息后，头"嗡"的一声就大了！

麦克福尔在这个时间遇刺，更为疫情的防治增加了诸多不确定性，更让马上要举行的斯特拉斯堡会议，蒙上了一层阴影。

冯·克里斯腾与 U 洲议会环境、公共卫生、食品安全委员会紧急磋商。最后决定由副主席克莱尔代替麦克福尔，出席斯特拉斯堡的会议。

临阵换将，能否迎来转机，尚不得而知。

而此时的刘博，收到凯瑟琳的邮件。凯瑟琳告诉刘博，自己给他快递了一个礼物。

刘博想不到凯瑟琳会给自己送礼物，自然也是满怀期待。快递公司把快递送来时，刘博才知道这是个大家伙！

包装箱高 2.2 米，宽和长都是 1.2 米。送走快递员后，刘博围着箱子转了两圈，找来工具开始开箱。

刘博把一层木箱盖取下来，接着是泡沫板。一拿出泡沫板，听到"嘀嘀"两声响，一看就傻眼了。

只见凯瑟琳左侧太阳穴处一个红点一闪就不见了，而凯瑟琳却从木箱里站了起来。

"刘博您好，我是凯瑟琳。"

凯瑟琳伸出手，与刘博握手。

刘博感到凯瑟琳的体温与自己一样。

"凯瑟琳小姐您好，您说送给我礼物。结果，这也太震撼了吧，您是凯瑟琳的完美复制，对吧?"

"您真聪明，我是凯瑟琳的复制品，除了生育，和凯瑟琳没有任何不同。特别要告诉您的是，凯瑟琳在发快递前，把她所有的记忆与智慧都赋予了我。可以说，现在的我，就是昨天的凯瑟琳。"

凯瑟琳说得有些骄傲，她也的确有骄傲的资本。诺贝尔生物学及医学奖的得主，更是有超前的脑科学研究。

刘博马上就明白了。

NGL 科技集团，已经具备了借助脑机接口完成记忆读取并下载的能力。失踪的诺奖得主及政界名人，也就不难想到会被做什么了。

"凯瑟琳真是大手笔，把您送给我，解开了我很多的疑惑。"

刘博由衷地感谢凯瑟琳，真是及时雨，把自己的复刻版，毫无保留地送给自己。这可是 NGL 科技集团的核心机密。

"凯瑟琳小姐让我来找您，也是因为您是她的科研知己。她信任您，再加上您的国度，会在世界面临灭亡时，有能力力挽狂澜。"

凯瑟琳说得诚恳，让刘博心中一动。

"那凯瑟琳让您来找我，有什么具体的事情吗?"

"凯瑟琳即我，我即凯瑟琳。凯瑟琳所有的智慧都在我这里。只有一点不一样，我有的是凯瑟琳昨天以前的智慧。不能升级，除非凯瑟琳本人来，再赋予我新智慧。"

刘博已然兴奋异常，简直要手舞足蹈了。

"也就是说，从现在起，您会和我共同进行脑科学的研究了？而且您会贡献您所有的智慧？"

"肯定的，这也是我来这里的目的。我会把脑机接口、记忆读取、删除、植入，脑联、脑控的研究与实验数据都教会您。天链系统的原理也与您探讨。"

凯瑟琳说着，一脸的笑意："我说了这么多好处，您不给我一个拥抱吗？"

刘博感到为难。又一想，在自己家里，这回不会有人打小报告了吧？

刘博走上前去张开双臂，给了凯瑟琳一个拥抱。刘博闻到凯瑟琳的发间，有洗发水的味道。

"您来之前，洗过头发？"

"肯定啊，凯瑟琳亲自打理我，就怕您不适应。对了，听说您因为拥抱凯瑟琳，被调岗停职了？"

世间没有不透风的墙。因为现在国际脑科学论云，代表 H 国出席的是梁文坚，他取代了刘博。

梁文坚又酷爱出风头，说话把学术当成了吹牛，落得口碑极差。

"嘿嘿，我们的国情风俗与您的国度不一样，对我的监督是对的，这也是对我的爱护。"

刘博有口难言，总不能见人就诉苦吧。

"告密者都是卫道士。光明磊落，一个拥抱算什么？拥抱是人与人坦诚的方式之一，对吧？"

凯瑟琳的美式思维，直言、敢言，这也是刘博向往的生活本色、工作本色。

"这个不讨论了，已经过去了。我名义上是停职了，实际上我在研究'灵眸交流系统'的一些工作。所里把设备科的仓库改造成实验室，共花了300多亿。不是说面积有多大，而是采购的设备都是国际一流的。您来了最好，我们齐头并进。"

"我没问题，顺便在工作期间把一些NGL科技集团的绝密，逐一向您讲讲。毕竟太多，我不确定哪些是对您有用的。"

凯瑟琳眼神虔诚，让刘博深受感动。

"我给我们所长打个电话，让所长单独来一趟。您来的信息，要绝对保密，特别是不能去我原来工作的地方工作。"

刘博想到梁文坚，总感觉他令人不踏实，只有和王所长单线联系。最好田静也来，照顾凯瑟琳的日常生活，她刚来H国，还有些环境需要适应。

"没问题，我只听您的安排。"

凯瑟琳的回答让刘博心安，他也就不客气了，请凯瑟琳在沙发坐下。其实，凯瑟琳坐站都无所谓。

"喂，王所长您好，我是刘博。您现在和田静马上来我家一趟，来了我再向您解释。好，我一会儿去楼下接您。"

斯特拉斯堡

U洲议会会议准时召开，此时已接近尾声。受麦克福尔遇刺的影响，会议一直在沉闷的气氛中进行。

环境、公共卫生及食品安全委员会副主席克莱尔做最后的陈述：

"面对疫情，面对每天大量的感染者和部分去世者，我们需要承担宪法赋予我们的职责，而不是站在各自的立场继续做无谓的争吵。作为委员会的副主席，我每天都在与疫情决斗。最后，我再表明委员会的共识。

"一、尽快引进疫苗与特效药，这是稳定疫情与社会稳定的最快方法。

"二、通过检测，MK 医药疫苗中有 1 毫克单位的不明物质。目前没有检测出是什么物质，需要 MK 医药做书面说明，特别是有无后续的不稳定性。

"三、面对疫情，我们整个 U 洲议会需要众志成城，全力抗疫！如果因抗疫导致 U 洲破产，那就让 U 洲破产吧。但如果不抗疫，U 洲将失去近 50% 的人口，这才是 U 洲真正的破产。

"谢谢大家听我讲完，我代表委员会感谢大家的支持，让我们全力抗疫。"

克莱尔离开讲台，朝台下深深一鞠躬，回到自己的座位上，静等投票结果。当然，克莱尔自己也投了赞成票。

当会议厅显示屏的投票数字变化停止时，报票员开始报票：

反对票：281 票

赞成票：325 票

弃权票：19 票

会议厅内顿时掌声一片，有的把文件扔向了空中，大家都在庆祝这来之不易的共识，更是庆祝通过疫情控制与采购法案。U洲议会议长冯·克里斯腾做总结发言：

"亲爱的女士们、先生们，感谢你们的投票。疫情采购法案的通过，是我们战胜疫情的第一步，也是必须要走的一步。近几天发生了令人伤心的事情，但最坏的时刻已经过去，让我们携手迎接光明。

"再次感谢大家的投票，谢谢。现在我宣布：散会！"

冯·克里斯腾健步走下讲台，与前排的议员分别握手，以示感谢。

这时议长助理走了过来。

"议长先生，刚刚接到警察局的电话，刺杀麦克福尔的凶手已经被抓捕。通过身份核查发现，凶手是中东人，使用了记者的名字，凶手名叫克里斯特。"

冯·克里斯腾听后，喃喃自语："这不合常理。啊，这是用反向打击反向，推进议案？反转又反转啊！管他呢，只要确保疫情尽快稳定，这就是最大的胜利。"

刘博在楼下接上王所长和田静，在上楼时，对两人说："今天请王所长来，有个大惊喜。但王所长要主持公道，可不能再用以前的那样方式处理我了。王所长，您要给我平反，官复原职啊！"

"噢，你这是要什么把戏？"

王所长本来就大惑不解，听刘博这样一说，更是有些糊涂了，不知道刘博的葫芦里装的是什么药。

到了刘博的家门口，"两位，见证奇迹的时刻到了！"

刘博把房门打开，做了个请的手势。

王所长与田静走进房间。田静惊叫了起来："凯瑟琳小姐，您怎么在刘博这里？"

田静一脸的惊讶。因为她见过凯瑟琳，所以感到惊讶。

而王所长对凯瑟琳只闻其名，不识其人。听田静这么一叫，这才恍然大悟。

"凯瑟琳小姐您好，我是刘博的领导，我姓王，很高兴您来 H 国，来刘博家里做客。"

王所长与凯瑟琳一握手，示意凯瑟琳坐。

"王所长您好，田小姐您好，我这次来 H 国，就是来定居的，不走啦。"

凯瑟琳眼睛里透着狡黠的笑。

"啊，来 H 国定居？您有什么计划？"

田静万万没有想到，凯瑟琳会来 H 国定居。她自己的事业在美国，在 NGL 科技集团，怎么会来 H 国定居？

刘博在一边忍着笑，清清嗓子："凯瑟琳小姐是开玩笑的，别当真。不过这个凯瑟琳真的不回美国了，留下来帮助我们开发脑机接口、脑联动系统和脑控系统，这个是不会假的。"

"是的，刘博说的都是真的。"

凯瑟琳满怀诚意地接上刘博的话。

"等等。"

田静听到刘博话中有话，忍不住打断了他们的交谈："刘博，你说这个凯瑟琳真的不回美国了？还有一个凯瑟琳？难道这个凯瑟琳是一个完美的复制者？我的天，凯瑟琳的记忆读取后，全部给了她？"

凯瑟琳笑着点了点头。

王所长和田静恍然大悟，而后又兴奋异常！

"这么说，您代表凯瑟琳的昨天，也就是您诞生的这天，就是凯瑟琳的全部?"

王所长忍不住问道。

"是的，王所长。我这次来是凯瑟琳小姐特意安排的，我来可以解决你们的技术问题，特别是在脑机、脑联、脑控及记忆读取与删除方面。当然，后面三项技术 NGL 科技集团还没有公布，目前还是保密状态。"

凯瑟琳的话一说完，王所长感觉捡到宝了，高兴地朝刘博的肩膀重重地打了一拳。

"臭小子，这么重要的事情，不早告诉我。"

"冤枉啊，今天快递刚到。凯瑟琳一说完，我马上给您打电话，这也有错了？天地良心啊。"

刘博的诉苦，没人理他。

王所长冷静下来后，才明白刘博的用意。

"刘博，你的意思我明白了。凯瑟琳小姐的事情还需要绝对保密，这也是让田静来的原因吧?"

"领导就是聪明！凯瑟琳来 H 国，尤其不能让外人知道，一旦传出去，真的凯瑟琳就会面临大麻烦，甚至是生命危险。所里也仅限于我们三个人，不得再扩散。另外，凯瑟琳与我们所研究的对接，由田静来完成。田静与李睿对接，这样梁文坚就不知道凯瑟琳在 H 国。"

刘博把想好的计划逐一说了出来。

"刚建成的实验室，只有田静、凯瑟琳和我有使用权限，其他人不得入内。特别是通道要加强安保措施，加强纪律性。再有就是田静来照顾凯瑟琳小姐，虽然不用吃饭等事情，但衣住行等等，还是由田静负责最好。"

"我同意，你的安排很到位。我想让凯瑟琳住你这里好一些。毕竟你是无业人员，和田静一起，目标偏大，你说呢？"

王所长把事情一说，也是这个道理。

"我没问题。田静，你有问题吗？"

田静撇了撇嘴："唉，我这个人就是命苦，得伺候两位爷。我又不能拒绝，没办法。"

王所长听完哈哈笑了起来，"你们啊，都是人精，就这么定了。注意保密，保密保密再保密就行了。另外，刘博你自己的研究也要加快。我估计，因为凯瑟琳的到来，我们整个计划已经大大提前了。你的研究也要提前，需要加班啊，我的同志。"

"王所长，我怎么这么倒霉啊。"

"别说了，留给我们的时间不多了。"

王所长一脸严肃。

"好吧，好心一片，结果还吃个黑脸。"

"狗嘴吐不出象牙。"

"是！"

刘博与田静也深知时间不等人。

11. 迪拜

最近两周，迪拜皇家医院来自东南亚的预约客户暴增，更是政商两界名人会聚。不知情的，还以为是来参加什么国际峰会的呢。

这一切要归功于王储迈罕默德与外长沙里夫。皇家医院作为 NGL 科技集团在中东的授权医院之一，也是全球 81 家销售顶级产品的医院之一。

皇家医院面对顶级客户，主要对象是商界所在国内数一数二的首富、政界未来的掌权者。而这两种客户，同时也是王储与外长的座上宾。

迈罕默德王储利用石油贸易，结交了亚洲和 U 洲顶级商业巨头及政界名流，为自己的医院客户群体打下了坚实的基础，这也是他引以为傲的。

皇家医院拿到的配额是 500 份！而 81 家医院的平均份额是 190 份，这不仅仅是配额的提高，而且是他对拉拢人脉与财富的双保险。

今天来自新加坡的富豪林泽楷，按计划来皇家医院进行智慧植入，这是他们半个月前约好的。迈罕默德收了林泽楷 1 亿美元的订金，具体的还要在皇家医院体检后才签约。

林泽楷从体检室出来，迈罕默德即刻送上拥抱："亲爱的朋友，希望您顺利通过体检，以便让您的事业更上一层楼。"

"非常感谢您的安排，希望如您所言，让我的思想与巨富同步，让集团更上一层楼。"

"请同我一起到贵宾室，一个多月没有见到您，非常想念您。"

迈罕默德做了一个请的手势，侧身向前走去，引导着林泽楷。其实，林泽楷也不是第一次来这里了，对皇家医院还是比较熟悉的。

但迈罕默德一如既往地对他那么尊敬。

贵宾室的装修富丽堂皇。如果这里用全球第二来形容，别的国家的医院贵宾室绝对不敢妄称第一。

迈罕默德请林泽楷在主宾座坐下，随行人员在他们两边分主次依次坐下，迈罕默德才开始进入议题。

迈罕默德看着平板电脑上林泽楷的体检报告，"林先生，您的体检报告显示，您的身体状况非常好，现在就可以实施智慧植入。您有什么想法呢？"

"我想知道，您这里的智慧列表有哪些可以让我选择的，或者说可以同时选择一个商界的、一个政界的吗？"

林泽楷这次来，也是被王储的描述吸引了。植入式的增智，特别是很多的顶尖智慧，是一辈子经历不到就学不到的。比如说罗斯柴尔德家族，不仅掌控着世界资本的奥秘，更是在财富传承上有独到之处。

这类的智慧植入符合林泽楷的需求。

再比如，政界的布什家族，父子总统，这也是林泽楷所向往的。小布什在从政前，也做过石油勘探的生意，从政后官至总统，这也是林泽楷的追求。商而优则仕嘛。

"林先生您好，皇家医院一次只能植入一种智慧，这样有利于您学以致用。如果同时植入两种智慧，很容易造成人格分裂及未知的后果。我们建议您在植入一种智慧后，直到感觉自己能够完全驾驭，一段时间后，可以再植入另一种智慧，但不能是同类型的智慧。"

迈罕默德耐心地向林泽楷解释。

"另外，我们建议您选择智慧时，原人的性格和您越相近越好。性格相近的人，驾驭更容易，也能在最短的时间达到最优的效果。我这样讲，您都明白了吧？"

"我明白，性格相差越大，植入的智慧在思维工作时越可能会有冲突对吧？"

林泽楷来之前咨询过自己的私人医生，私人医生也是这样建议的。

"是的，比如，如果您的性格温顺，选择的植入智慧原人性格是急躁的，那么很容易在事务的决断与执行方面出现纠结，怕会有精神分裂的情况。所以我们不建议客户选择性格相差过大的智慧，如果一定要挑战、要选，我中心签合同后，概不负责。"

迈罕默德说完，抬手把平板电脑递给林泽楷。

"林先生，您点开菜单。皇家医院根据您的性格匹配需要植入的智慧类别。左边的是商界智慧，右边的是政界智慧，下面标注的是总价格。您从选择到价格，综合考虑一下，我们再谈。"

"好，我看一下。"

林泽楷接过平板，点开菜单后，滑动着看智慧类别与介绍。每个商界世家的介绍很详细，如家族的哪个智慧达到什么级别、性格、商业业绩等等。当然，标价也是与之相匹配的。

　　林泽楷对标价既在意又漠视，这是一个矛盾体。标价越高，就代表植入的智慧水平越高，后期在商业方面的成就越大，付出的也就微不足道了。

　　当林泽楷看到他的简介，认真看了两遍，想了想，抬起头来说："王储殿下，您看这个人，他的成就我很欣赏，只是他成名前的经历有些让人难以启齿。如果选择他的智慧，是不是他的经历、偏好及心理阴暗面也会一并到我的记忆中？"

　　"这个您放心，我们的科技超出您的想象！我们在提取一个人智慧记忆的同时，犹如人的基因，我们会把这个人以前记忆中的不良部分删除。这和删除人基因链中的不良基因是一个道理。所以，从这方面来讲，您完全可以放心。"

　　"我只对您放心，我们合作多年，有信任基础。我是信任您的，那就这样定了。"

　　林泽楷指着平板电脑菜单上的智慧选项，"我选他，有几个原因。一是他在商界的成就让全世界为之赞叹；二是从年少的轻狂到中年的力挽狂澜，功成名就，巨大的转折让人佩服；三是性格方面与我比较接近，这样有利于他的智慧与我合二为一。"

　　林泽楷很满意这个智慧选项，只是价格高达 15 亿美金！用金钱买智慧就是用金钱买时间。而今的科技完全能帮你达到这个目标，15 亿美金贵吗？不贵！

　　林泽楷成为首富不仅仅是凭借家族的势力达到的，更多的是因为他的思想远超他人！只有思想超越他人，事业才会超越他人。林泽楷就是这样的人，而他的智慧选项，更是思想超前的先知！

"林先生，如果您没有疑问，那么，我们就可以签署植入合约了。合约签署后，皇家医院的医官会向您详细介绍植入后的注意事项，并请您在植入后的一周内在医院暂住。由医院帮助您进行一个特殊的陪护训练，以便让您更快地与新智慧相适应。另外，在植入智慧三个月后，要回皇家医院做个全面的体检，当然主要是检查植入智慧与您融合的程度。这就是我们服务客户的态度。"

"谢谢，我很感激殿下的工作，很周全。我们签约。越早进行越好，我也要赶着回去，时间不等人。"

林泽楷听完迈罕默德的介绍，已经没有任何担心，只是希望尽快进行智慧植入，想尽快体验在商界的前瞻性思路，重塑商业版图。

迈罕默德一挥手，助理把智慧植入合约交给林泽楷的助理。

助理在看后向林泽楷说了几句，交给林泽楷。

林泽楷在合约上签了名字，交给迈罕默德，并与他握手。

"拜托了，希望以后我们多多合作，成为更长久的合作伙伴。"

"林先生放心，我们一直是核心战略伙伴，也祝您迎来新智慧、新事业、新人生。"

迈罕默德让助理引领林泽楷去智慧植入部，自己则回到办公室，因为有更重要的事情在等他决断。

外长沙里夫在办公室等着迈罕默德。沙里夫在迈罕默德的办公室里抽着烟，正在吞云吐雾时，迈罕默德推门进来。两个人一点头，迈罕默德坐在了沙里夫对面的沙发上。沙里夫的助理给两个人端上一杯水后，走出办公室并掩上房门。

"殿下，YN 的客户安瓦尔准备好了一切，希望加入植入计划！唯一的缺点就是资金不足。他拿不出 10 亿美元，所以，我来找您，看看有没有变通的方式。"

沙里夫开门见山，直接把问题提出来。这也是他与迈罕默德的交流方式，直接、高效。

"噢，安瓦尔现在有多少资金？他计划植入菜单上的哪类智慧？"

迈罕默德对赚钱执着，也有意培养政界新秀，毕竟政界的宝押对了，则不仅仅是生意的问题，更是盟友与伙伴，甚至是下属的问题。

"他看好一个政治世家，当然这也是有原因的。安瓦尔作为一个政界新秀，即使官至副总理，也上上下下两次了，不稳定。所以他渴望政治世家的成功智慧，他的资金差太多，不到售价的 5%。"

沙里夫与安瓦尔相识已久，很是欣赏安瓦尔的政治能力，但对于安瓦尔与国内政治势力的角斗，总是有些担心。毕竟他也是从政的，知道政治的黑暗面。

"他的资金太少了，5%？能够做什么？我们总不能赔钱吧？即使他能够主政，会有什么方面给我们的？何况他的国家政局复杂，会让他感到力不从心的。"

迈罕默德对安瓦尔的情况有些了解，但从目前的市场来看，你付不起钱，却有大批付得起钱的人，而且是排队！这就是当下的智慧市场，不缺客户！而且要适合于自己规划的，愿景有共识的人，才可以成为客户。

"殿下，现在培养政治盟友是很有必要的，不仅可以为执政打好基础，也可以在签约的附加条件上做好文章。或许是以后一个比较好的后路，或者是可以有个他国的执政代理人，您看这样可取吗？"

沙里夫话语严谨。他说的这段话，不仅仅是为迈罕默德着想，也有自己的考量。任何商业社会，利己总是第一位的，这个是不会变的。

迈罕默德端起水杯喝了一口，让自己有个思考的时间。

"培养他国的执政代理人，这事必须要做好，而且不只是一个国家。更重要的是在一个国家不同派系的领袖中都要有，这样才更保险。所谓不能把鸡蛋放到一个篮子里面，就是这个道理。这样吧，您再去同安瓦尔谈一下，他没有资金，可以给他这次的智慧植入免费。但需要看他拿出什么承诺，可以让我们比获得 10 亿美元更高兴。"

"好，我明天去一趟，顺便把外交部的事情交涉一下，希望可以能有比我们预期更好的期望。"

沙里夫说完，站起来就要走。

"等一下，我们谈谈我们自己。"

迈罕默德看着沙里夫，示意他坐下，沙里夫重新坐下来。

"殿下，您有什么安排？"

"我们俩不能只帮助别人，您抽一周时间，也把您喜欢的智慧植入。我们不仅要赚精英的钱，更要有比他们还要高的智慧才行。对吧？"

迈罕默德计划，最近他们两个人，也分别选择智慧植入，此事宜早不宜迟。

"多谢殿下，这事听您的安排。我希望可以选择一个商界的智慧本体，最好与我目前的互补。"

沙里夫说这句话，自然有他的思考。他在政治方面已经无须进步，因为他不能再上一步执政，所以商界就是他明智的首选。

"您说得对，我是看好一个政治世家，希望可以帮助我执政后有所成就。我们两个一直是一对完美的搭档，今天是，未来也是。"

迈罕默德说的是真心话。沙里夫明智，知进退、明主次。和沙里夫搭档，估计执政后也是珠联璧合。在这方面，他们两个有深度的共识。

"另外，周边各国政界新秀的工作，筛选要快，我们需要赶时间，但要特别注意保密，千万不要出问题。一旦人尽皆知，我们的计划将事倍功半。"

"殿下放心，我回去尽快落实。毕竟执政对从政者而言，就是最高的目标。谁都不会错失一个机会。"

沙里夫深谙政治，与周边各国的政界新星都有广泛的交往。而且最近十年内，与各国政治新星接触后，都有过评论。所以，这个工作不难，只是这件事需要面谈，而不能用其他的通信方式。

"好，辛苦您了。我最近拉着商界的人脉，希望可以卖出 400 份智慧植入，收入 6000 亿美元以上。利润太可观了，比我们做的其他生意好太多了。"

迈罕默德由衷地感慨道。确实，生意就是机会。只有抓住第一次机会，才能抓住第二次机会。如果第一次机会都抓不住，第二次机会就没有资本抓住！而今，智慧植入市场也是。

"我估计，我们这一轮智慧植入后，NGL 科技集团还要推出新的……"

两个人的密谋，不，是阳谋！一方求智，一方得财。一方得智，一方授权。

一方在前，一方在后。NGL 科技集团的终极目标是什么？

12. MT 国拉斯维加斯

拉斯维加斯不仅仅是世界娱乐之都和世界结婚之都，万人犯罪率更是高居 MT 国各州之首，世界赌城之名不是白叫的。

犯罪率高，那监狱也是加州最大的。如何让犯罪率降低，特别是降低服刑人员出狱后的重复犯罪率，这才是拉斯维加斯鹅溪惩教中心面临的现实问题。

鹅溪惩教中心是加州最大的监狱，服刑人员又是最复杂、最凶悍的罪犯。如何使罪犯改邪归正？只有把服刑人员的思想教育做好，出狱后的犯罪率才会降低，这是一个共识。

说起来容易，做起来难。特别是在 MT 国这个制度下，更是一个挑战。为此，鹅溪惩教中心的负责人汤姆逊及其管理团队想尽了办法，却屡试屡败，搞得信心全无。

汤姆逊前段时间看到 NGL 科技集团脑机接口上市发布会，深受震撼。他感觉自己的问题，NGL 科技集团应该是能够完美地解决的。汤姆逊通过朋友，联系到了 NGL 科技集团的战略部总裁奥马。两个人在电话里一聊如故，奥马第二天就来了拉斯维加斯。

NGL 科技集团在脑机接口产品发布会后，时隔不久就推出了针对不同人群的植入式智慧产品线。奥马作为集团的战略部总裁，除了布局线下渠道以外，更是对行业客户做了细分。NGL 科技集团的第一个大单来自 MT 国海军陆战队，这不仅仅是对 NGL 科技集团智慧植入的认可，更是因为对 NGL 科技集团的记忆删除产品尤为感兴趣。

最先进的科技优先用于军事！这也是常识。NGL 科技集团与美国海军陆战队的合作进程，以超乎想象的速度推进，让 NGL 科技集团一举打开了美国的军方市场。MT 国空军、海军、陆军、海岸警卫队先后与 NGL 科技集团合作。短短的三年时间，MT 国军方为 NGL 科技集团贡献了 3 万亿美元的营收，让 NGL 科技集团赚得盆满钵满。

奥马不仅开发国际的军方市场，也对监狱市场虎视眈眈。全球监狱服刑人员超过 2000 万人！这是目前远远超过军队人数的数字，也是一个让社会充满不稳定因素的定时炸弹。

奥马在接到汤姆逊的电话后，第二天就抵达了拉斯维加斯。奥马在云霄塔旋转餐厅宴请了汤姆逊，席间短短几句话，就让两个人引为知己。

汤姆逊向奥马说明监狱系统的不足时，更强调：

"国家的监狱系统，是让轻刑人员受惩戒、让中刑人员知悔、对重刑人员防逃逸。所以，目前来看，轻微刑事犯罪人员的改造是比较好的，也是犯罪率降低的主要方向，出狱后复犯率低。而中等刑事罪犯目前的收监效果还可以，出狱后的复犯率只有 30%。我们面临最大的威胁来自重刑罪犯。"

"您说的这个问题，我们集团早有预案，而且用数字来说明，您一听就明白了。"

奥马说完，拿出平板电脑，打开菜单后选择监狱项目，点开后交给汤姆逊。

"您看一下这些数据，这是我们的数据分析。特别是暴力的重刑罪犯，他们出狱后的重复犯罪率高达89%！如果不解决他们的重复犯罪问题，我们的社会将永无宁日。"

汤姆逊认真地翻看资料，对奥马的数据分析由衷地赞叹，特别是对NGL科技集团的解决方案更为满意。

"奥马先生，您集团的这份方案，有没有大范围地实施过？有没有什么不良后果？"

"我集团的产品，已经在美国所有的军队中植入使用，效果完美。我相信这方的资讯您也看过，但在监狱领域，我们是第一次。但您应该放心，我们的产品不会出问题。再退一步，在您管理的监狱，我们可以先从重刑罪犯开始。如果您担心出问题，重刑罪犯死几个人，您也会处理好。再说，这个情况是不会发生的。"

奥马对集团的记忆删除技术信心满满，毕竟已经在中东进行过大量的个体实验，从没有出现过失误。NGL科技集团的脑科学技术，外界了解得少，但这次展示给汤姆逊看的，已经让他信服。

汤姆逊认为，既然技术没有问题，那就越早执行越好。至于费用的支出，需要州议会审议批准。但为了长治久安，相信预算委员会会批准的。首要的问题是降低服刑罪犯出狱后的重复犯罪问题。至于费用，议会批准需要时间。汤姆逊用变通的方式，一方面向州议会提请费用预算，一方面暂停监狱的改造支出。用改造省下来的钱，先行启动罪犯的记忆删除。

"我让部门经理按您的监狱的服刑人数做一个预算，随后合约会发到您的邮箱。我们团队可以签署合约并在打款一周内，为您展开具体工作，并在 5 个工作日内完成工作。"

奥马此行的目的已经达到，现在已经在计划来监狱的团队人员构成，以便为此后监狱系统业务开展做好团队的快速组建，为今后业务的迅速铺开奠定基础。

"好，奥马先生，那我就等您的报价和具体的售后服务条款，祝我们合作愉快，干杯！"

汤姆逊与奥马一碰杯，双方一饮而尽。

半个月后，鹅溪惩教中心的监控室内，汤姆逊与奥马并肩而立，注视着医务室内的情况。汤姆逊开始对手下安排工作："保罗带领一队，负责重刑犯一组 50 人，从 9:30 开始，依次进入医护室。进与出的通道隔开，回狱室时进入单狱室。

"汉克斯带领二队，负责中刑犯一组 50 人，从 13:30 开始，依次进入医护室，进与出通道隔开，回原狱室。

"乔治带领三队，负责轻刑犯一组 50 人，从 17:30 开始，依次进入医护室，做好后直接回原狱室。

"大家开始准备，按时开始，听到请回答！"

"是，保罗明白。"

"是，汉克斯明白。"

"是，乔治明白。"

9:30。

汤姆逊与奥马看着监控大屏，助理端上两杯咖啡。两个人一边喝咖啡，一边看工作进展。

"重刑犯中，有 40 个黑色人种，5 个棕色人种，3 个黄色人种，2 个白色人种。我们按您的要求，都已经做好备选。如果能通过这次记忆删除，或许每个人种的效果不同，也为我们后期工作积累经验。"

汤姆逊一边说，一边指着显示屏上的犯人做逐一介绍。同时，把奥马吩咐的事情指出来，并介绍给奥马。

"多谢您把各色人种的数量分配情况介绍给我，我们的科技是针对性很强的。通过前期注入的纳米传感机器人，经血液循环进入脑血管与星形细胞之间暂住，并形成无性繁殖。我们公司的脑机接口系统与脑控系统相连，使脑机接口成为脑控的信号收集站，并发出指令指挥纳米传感机器人。纳米传感机器人根据指令，在大脑相关区域进行多达 2 亿种方式的刺激，使人的记忆被纳米传感机器人激发出来，并实时传递给脑机接口、脑控系统。脑控系统对人的记忆做分析，会删除犯罪人员记忆中的犯罪记忆，特别是犯人的恶念、贪念，并会植入法律信息，让他心中警钟长鸣，以此做到长治久安。"

奥马说话表情平稳，因为他深知，NGL 科技集团赋予他的使命。再植入的信息，只有 NGL 科技集团才能激活。

而此时医护室正对奥利维拉进行记忆的提取与分析，奥利维拉的表情时而愤怒，时而惶恐，时而平静。汤姆逊的心也随着奥利维拉的表情而起伏，脸色也随之阴晴不定，直到奥利维拉的表情最终定格为安详时，奥利维拉睁开眼睛。

"明白了，您看。从医护室出来的这个人，名叫奥利维拉，是拉斯维加斯赌场抢劫案的主犯！共造成现场 10 人死亡、23 人受伤。在服刑后一直是监狱的狱头，依然在谋划越狱。这样的重刑犯，即使出狱，也是社会的安全隐患。吉米，把奥利维拉进入医护室前的脸部特写镜头和现在做一个对比。"

吉米应声而动，马上提取影像，把比较明显的两张照片投影在大显示屏上。

"汤姆逊，您看奥利维拉进入医护室前，他的眼睛充满了怒气与杀气，像是绷紧了弦的弓，随时都会爆发。而从医护室出来后，奥利维拉却是一脸的笑容，像是刚拿到薪水的职员。这就是我们 NGL 科技集团的魅力。"

奥马针对特写图片的话刚说完，监控室里掌声响成一片！汤姆逊与奥马击掌相庆，之后又用力地握了握奥马的手，表示对 NGL 科技集团的崇拜之情。

"多谢奥马先生，您集团的科技开创了全球的一个创举，从此世间再无犯人！"

汤姆逊由衷地感叹！是啊，哪个监狱长都期望自己的监狱是改造犯人最成功的。但这之前，却又是永远不会成功的。

今天，NGL 科技集团终于打破了人类有史以来的记录！让犯罪从此消失，这不仅仅是愿景，而是马上就要成为现实。

汤姆逊很激动，但奥马让他冷静："汤姆逊先生，冷静一下。奥利维拉仅仅是第一个，今天共有 150 名犯人。我们需要在全部操作结束后，再来评价记忆删除的真正价值。今天，对于您和我，都是人类史上的一个伟大的日子。"

奥马端起咖啡杯，与汤姆逊一碰杯："干一杯，咖啡亦醉，为成功干杯。"

"干杯!"

汤姆逊一饮而尽,不由得皱起了眉头,冷咖啡苦啊。

"汤姆逊先生,我过会儿返回集团总部。您这里 150 名犯人全部做完后,记得把详细的情况汇报给我,特别是各色人种之间的情绪差异,切记。"

奥马郑重地说完,握了握汤姆逊的手,以示告辞。

"奥马先生,数据我会及时传递给您,这个您放心好了。轻刑事犯人,在记忆删除后留观 6 小时,如果没有大的变化,我即刻让他们结束刑期,重返社会、家庭。中等刑事罪犯,我计划留观一周,如果达到我们的目标,经测试后,也让他们重回家庭。"

汤姆逊说完后看着奥马,"我现在对重刑罪犯在记忆删除后,留观多久,尚拿不定主意,您有什么建议吗?"

"您的前面两个计划安排得很棒!这样可以使监狱节约大量的经费与人员。对于重刑事犯人,我们研究后认为,最多留观一个月,经过三轮测试没有问题,可以保释,半年内无不良记录,可以彻底释放。"

奥马对记忆删除技术有深深的自信,他们在推向市场前的上千次实验表明,可以在短时间内让一个人成为博士,也可以让一个人成为白痴!这个短时间,说的仅仅是一两个小时。

"好,我接受您的建议,对重刑事罪犯,可以采取这个方案。不过,我还需要向州法院详细汇报记忆删除科技的魅力。同时,我希望您的团队中有个专家配合我向法院陈述,共同把这件事画一个句号。"

汤姆逊对州法院非常重视,如果记忆删除科技被州法院认可,那么接下来的工作,就简单多了。汤姆逊没有考虑自己会失业,而是想让罪犯在不良记忆被删除后，尽快重返社会。

"我们的技术团队在您这里工作结束后，我让项目总监梅根配合您向法院陈述。"

"非常感谢，待事情结束后，我会去您集团总部拜访您，也向司法部推荐对罪犯的记忆删除科技，这才是未来的治理之道。"

奥马与汤姆逊握别之后，赶往机场。从鹅溪惩教中心的项目实施情况来看，符合记忆删除科技的预测。奥马在回程中，胸中却在做脑控技术的市场战略规划。

监狱市场的打开，已经是牛刀小试，初战告捷。剩下的事情让项目团队继续跟进，相信用不了多久，监狱市场业务会成为集团业务的第二大来源。脑控技术在其他行业的延伸，必须保证每年每行业营收达到十万亿美元以上。

另外，U 洲市场脑机接口销售量偏低，那是因为 U 洲自研的"三明治"计划，现在可以借脑控技术，在兼容"三明治"计划的前提下，彻底拿下 U 洲市场。这样也就完成了马克的目标要求……

13. NGL 科技集团

NGL 科技集团近期喜事连连。前几年的脑机接口带动了思想智慧产品的销售快速增长，使 NGL 科技集团成为全球市值最高的公司，而且市值是第二名到第十名总和的 5 倍！NGL 科技集团首席执行官马克的个人财富更是达到了惊人的 60 万亿美元！

不仅是马克身价倍增，NGL 科技集团的核心人物如奥马、克里、凯瑟琳等，身价也已突破 10 万亿美元。即使是凯瑟琳的助理安娜，身价亦达到 800 亿美元之多。用一人得道，鸡犬升天来形容，一点都不为过。

喜上加喜的是，以凯瑟琳为首的研发团队最近更是有多项颠覆式的科研突破。信息一经报道，NGL 科技集团的股票更是飙升至 10 万美元一股！

NGL 科技集团 9 号会议室，这是凯瑟琳研发团队的专用会议室。但今天召开的会议，参加的人员不仅有研发部的几个主管，更让人意外的是，集团首席执行官马克、营销总裁克里、战略部总裁奥马等高层核心人物悉数到场，只为听取凯瑟琳最近的研发报告。

"集团研发部根据集团的研发战略，先后研发了体温生能器芯片、纳米传感机器无性繁殖、脑控无线芯片、天链总控系统等。"

　　凯瑟琳微笑着看了看马克，马克示意凯瑟琳继续讲下去。

　　"为了配合脑控无线芯片的大规模应用，我的研发团队相继开发了体温生能芯片、纳米传感无性繁殖。这两个产品，一个解决了脑控芯片与脑机接口的用电问题，一个解决了脑机接口与大脑的控制联系问题。特别是纳米传感机器人无性繁殖，彻底把大脑绑架，在脑血管与星形细胞之间，所有的星形细胞上都密布纳米传感机器人，这就是我们绑架大脑的最基础的工具。实验从动物到人，都取得了良好的效果。这项技术随着 MK 医药的疫苗产品、注射液产品已经在全球约 60 亿人中成功使用。通过近期的复检，效果优于我们当初的设定功能。

　　"每个纳米传感机器人的无性有限生殖，仅限于 3 个代系，这样可保证以最合适的数量存在于大脑表层与星形细胞之间。当纳米传感机器人达到一定数量之后，无性繁殖的数量只相当于死亡的数量，使纳米传感机器人保持一个合理的数值。这样既能保证对大脑的控制，又不至于因数量庞大而影响大脑的正常机能。

　　"当然，纳米传感机器人的无性繁殖实验与产业化最大的功臣是南丁格尔主任。他的工作使我们的计划提前 15 天完成，这是一个很大的成就。"

　　在凯瑟琳示意下，南丁格尔主任站起来向与会者一鞠躬，马克带头鼓掌。

　　等南丁格尔主任坐下后，凯瑟琳继续汇报："脑控无线芯片，才是我们整个系统的核心。幸运的是，我们的团队也把这个技术攻克了。经过脑控芯片与脑机接口、天链系统的联机试验，试验效果远超我们的想象，这也是我们要开这个会议的原因。"

　　凯瑟琳对助理安娜示意，安娜站起来，走到巨型屏幕前，抬手打开控制器。

　　安娜开始对屏幕显示内容作详细解读："脑机接口实现了人类与大脑的第一次亲密接触，特别是在纳米传感机器人的配合下，我们已经可以顺利地进行思想智慧的植入与记忆的读取及删除。从这两个方面讲，我们集团已经开创了脑科学的先河，使记忆如人的基因一样，把基因链列出并剔除不良基因，使人保持健康。记忆读取与删除，远比基因工程更加先进，可以说这是人类有史以来最伟大的科技创新。而这个创新，却只属于我们 NGL 科技集团！这也是在首席执行官马克先生的战略规划下正确执行的结果。我想，我们所有的成功，首功肯定是马克。让我们感谢马克，使我们共同参与及见证人类史上最伟大的成就！"

　　会议室的掌声瞬间爆响，经久不息。

　　马克微笑着站起来向与会者深深地鞠了一躬！

　　马克站直了身体，抬起双臂，在空中向下压了压，会议室的掌声不太情愿地停了下来。

　　"作为集团的创始人与首席执行官，我很荣幸，有你们的加盟和鼎力支持，集团才取得今天的成就！集团是一个平台，你们在平台上各展所长，也各有成就。而这个所得，就是在我们事业的进程中必然发生的现象。特别是今天来研发部，听取了你们的工作汇报，仅仅是前缀，已然让我们全集团成了全球第一强公司！我相信，接下来我听到的内容，会让上帝都骄傲，请您继续讲完。"

　　马克做了一个请的手势，然后坐下。

　　安娜对马克说了声谢谢，又转向巨型显示屏。

| 143

"如果说脑机接口是集团在脑科学的一个切入点，脑控无线芯片的研发成功，则是史无前例的大成就！脑控无线芯片与体温生能芯片相结合，与脑机接口连接，可以使人控制人的时代进入 2.0 时代。我们都知道，人控制人最简单的方式、最低成本的控制就是精神控制，这也是宗教产生的原因。而这种方式我们称之为人控制人的 1.0 时代。

"在人控制人 1.0 时代，为达到效果，所需付出的时间长，虽然效果有所起伏，却延续了几千年。而今，脑控无线芯片的问世，则开启了人控制人的 2.0 时代。脑控无线芯片所需的能源由体温生能芯片提供，与脑机接口相连。更为重要的是，脑控无线芯片将全天候、全时段接收来自天链 8.4 万颗卫星随时发送的指令，并即时控制大脑，完成指令。

"我可以说得再明确一点，我们集团拥有的 8.4 万颗卫星的天链系统，可以全天候地向每一位内置脑控芯片的个人下达任何目标人所能完成的任务。目标人在接收指令后，会第一时间完成指令。

安娜的话还没有讲完，会议室内已经是掌声一片，而且是马克带头鼓掌的。

"请问安娜小姐，如果我们发射指令，而目标经过努力，无法完成指令的任务，会出现什么情况呢？"

奥马的提问，也恰好是集团所关心的。

"您说的情况肯定存在！在这个情况下有两个结果：一是下达指令的人需要在十五分钟内撤回指令，目标人会平安无恙；二是目标人在执行指令过程中，因为超时而无法完成任务时，目标人的脑控芯片会通过脑机接口向纳米传感机器人下达自毁程序。也就是说，在执行任务起超过两个小时后，目标人的大脑将一片空白，成为大脑植物人，直到目标人因自身不进食而身亡。"

安娜讲完，向马克一鞠躬，回到自己的座位上。

凯瑟琳继续开始她的汇报。

"看到诸位的表情都有点沉重，我就说些轻松的话题。"

"凯瑟琳小姐，您不要误会。我认为我们不是沉重，而是有些谨慎。我们集团已然是全球第一个科技帝国，产品的推出，肯定也会面对各国的审查。如果真的出现第二种情况，我们需要有预防程序，来面对和规避各国的审查才行。"

营销总裁克里插话后，喝了杯水，静等答案。

"还有谁有疑问？"

凯瑟琳看了看集团的同人。"克里先生的疑问，也是我们的疑问。"战略部总裁奥马也是关心这个问题。

"感谢各位提出疑问，这也是我和团队通过研究和大量试验后的数据。诚然，我们集团的产品需要进入国际市场，必然面临各国的审查，这也是例行的审查。各位不要忘了，脑控无线芯片需要与天链系统相结合才行，就如以前的 GPS 与航行中的轮船，没有了 GPS，轮船犹如无头苍蝇，会没有了方向。

"一艘轮船没有 GPS，脑控无线芯片没有了天链系统，效果就如脑机接口的加强版，其实用处不大。要发挥脑控无线芯片的优势，就必须与我们的天链系统相结合。天链系统的控制核心在我们集团，要修改指令或者怎么下指令，是我们集团的事情。从这一点来看，只要我们操控天链系统配合，就没有过不了的审查。"

凯瑟琳说完，环视了一下会议室，特别是两位总裁。

　　看到两位总裁没有异议，凯瑟琳开始介绍脑控无线芯片的控制方法、方式。

　　在凯瑟琳讲述的过程中，克里、奥马及几位同事，都露出崇拜的神情。确实，凯瑟琳和她的团队在创造一个新的世界。

　　人，智人，智能机器人？

　　"在有智慧加持后，人就会成为智人。而这个智人是在别人的基础上不断成长的，也就是说，是肉身可灭，思想永生的现实版。一个人可以买到任何能够买到的智慧，同时也成为别人智慧的延续。而且这个购买不是一次性的，而是连续性的。因为他知道，拥有的越多，越是知道本身的不足，也就越需要再次购买。

　　"而这将成为集团收入的主要来源。"

　　凯瑟琳说完，又再补充道，"普通人可以成为智人，也可以成为'机器人'。因为智慧的植入，也会让人失去部分思考能力。把购买的智慧作为主智慧，会使大部分人因人性的懒，而成为'机器人'。"

　　"感谢凯瑟琳及其团队成员，又为我们集团的发展奠定了一个新的基础。我提议，给予凯瑟琳及其团队成员 10 亿股期股，2 年后转为股票。"

　　马克的这句话还没说完，大家的掌声就疯了似的响了起来。特别是凯瑟琳团队的成员，更是兴奋地跳起来，然后紧紧地拥抱在一起！

　　没有理由不疯狂！即使凯瑟琳占比例最大，但作为团队的成员，也可以轻而易举让个人的财富超过 1 万亿美元！即使高收入的他们，也为瞬间拥有 1 万亿美元而疯狂起来。

　　马克举手让他们冷静。

大家逐渐平静下来，但眼中的喜悦却怎么也掩饰不住。相互间击掌庆祝了一会儿，才安静下来。

"我想大家都知道我们集团名字的由来，NGL 是我崇拜的科学家、发明家。他最出名的名言就是：'只要我愿意，我可以把地球炸为两半！'我再次声明，NGL 讲的都是真的。借今天这个会议，我也向大家开放一些规划。

"从今天起，我们 NGL 科技集团，也是一个科技帝国，更是一个未来社会的执行者！我们会遵从于上帝的旨意，为创造一个更美好的社会而拼尽全力，更会为地球的生态、未来做规划，使我们成为……"

马克的宏愿一一讲出，一如马克成立 NGL 科技集团，开始做脑机接口、脑控无线芯片研发规划时，大家的心情是一样的，既惊奇，又叹服！

而此时的凯瑟琳，却多了一些惋惜。脑机接口、脑控无线芯片的出现，杀人于无形。让社会进入无政府状态，也是分分钟的事……

"凯瑟琳小姐。"

"啊?"

凯瑟琳愣神的时间，马克已经讲完，并问凯瑟琳。

"会后到我办公室一趟，关于脑控指令集的控制系统和密码，都交到我那里。"

"好的，我一会儿去您的办公室。"

凯瑟琳知道，控制权要移交了，只是比预想的早了一些时间。

14. 日内瓦

联合国脑科学论坛。

凯瑟琳根据马克的要求，在会议上的发言不提及集团的产品情况。为此，凯瑟琳将发言主题确定为《在智慧社会，做思想的搬运工》。

"NGL 科技集团致力于为人类智慧升级，由产品的全产业链到思想与智慧的同期配套出售，在短时间内让我们的客户从思维、思想到经验、技能全面突破、全面提升。可以说，NGL 科技集团是思想智慧的搬运工。

"NGL 科技集团是一个大家的平台。在这个平台上，所有您想到的优秀和伟大的思想都集中在这里，供需要的人选择。也许，此刻坐在会场的诸位，您的思想也是 NGL 科技集团平台上思想的出售者之一。也许，您是我们集团的客户之一。不管怎么讲，NGL 科技集团通过在脑科学研究中的创新，正在为全人类服务。让知识、思想可以对等变为金钱，也可以通过花费金钱对等得到知识、思想。

"我们用科学去倡导一个新的、智慧的、平等的社会。社会变革的每一段时间、每一个时期，最明显的就是提高社会的生产力、生产率。用生产率衡量一个社会的发展情况，是进步还是倒退，这也是历经几千年亘古不变的准则。

　　"社会生产率在原始社会、农业社会、工业社会提升缓慢，这也是与科技密切相关的。当今的社会是智慧的社会，而智慧是建立在大思想家、大科学家等诸多顶级人物的思想基础上的。提升的是民众社会属性、哲学高度、专业性及经验的可操作性。也就是说，现在一个科学家，可以把他所在领域内的研究成果，即时售给同领域内的所有人。让该领域内的人，在短时间内即可与他的思想高度同步。这种一个人带动一个领域、一个行业、一个产业、一个学科的方式，最终带动的是智慧社会的加快发展。

　　"农业社会、工业社会是社会精英垄断资源的社会，而智慧社会，则是精英引领社会加快发展的时代。因为如果你暂时领先而不分享，终将会被别人超越，别人则因为分享思想而成为 NGL 科技集团平台的思想构建者，注定是历史的推动者。在这种良性的交替接力下，知识与思想的更新越来越快。我们的社会也越来越好，生产率提升，已经从农业社会的 1+0.1+0.1，到工业社会的 1+2+3+4，再到智慧社会的（1+2）×3×4，这就是我们智慧社会的未来。谢谢大家！"

　　凯瑟琳向台下一鞠躬，迎接她的是连续不断的热烈掌声。

　　科德列夫是下一位发言者。

　　科德列夫在演讲台前站好，调了调麦克风的位置。

　　"感谢凯瑟琳小姐的精彩演讲，也感谢凯瑟琳小姐给我的演讲场。"

　　科德列夫的幽默，让台下笑声与掌声响成一片。

　　"言归正传。"

　　科德列夫故意严肃了起来，又引来现场听众一阵会心的笑。

"我接凯瑟琳小姐的话继续讲，他们集团把钱都赚了，那我就单纯地讲讲脑科学的现状和带给我们社会的明日场景。

"大家都是脑科学的研究者，相信大家和我一样，有很多的感同身受。我们都知道，人类平均大脑利用率仅为3%，即使是爱因斯坦，大脑利用率也不过5%。这是常识。也就是说，当我们人类大脑利用率为5%的时候，人人都是爱因斯坦。这个逻辑成立，对吧？"

科德列夫停了下来，问大家。

过了一会儿，参会者不约而同地回答说："对!"

"那么，我们推出'万神殿'计划、'三明治'计划，包括推广最成功的NGL科技集团，即使产品卖得再好，我们受众大脑利用率提升到什么程度了？有5%吗？"

科德列夫的提问，让演讲台下鸦雀无声，会场变得非常安静，落针可闻。

没有人能回答科德列夫的提问，即使是凯瑟琳也没有确切的数据来回答这个问题，更不用说在场的脑科学研究员了。

而此时，在会场前排就座的凯瑟琳，心里却早已是莫名的愤然。一是科德列夫今天的演讲直指NGL科技集团，特别是针对NGL科技集团的主销产品和盈利模式；二是科德列夫直接打醒了凯瑟琳，更打醒了在场的脑科学研究群体。

科德列夫说得对，人类平均脑利用率仅为3%，伟大的科学家爱因斯坦的脑利用率也不过5%。如果大家都用了NGL科技集团的产品和购买的思想、智慧，或者购买的"三明治"计划的产品，使用者的大脑利用率究竟到了什么程度？这个话题，忽然间成了脑科学的核心。

在那么一瞬间，凯瑟琳感到会场的质疑突然向她压了过来。

凯瑟琳忽然感到莫名的烦躁，从她的素养来说，这是本不该出现的。凯瑟琳攥紧拳头，闭上双眼，希望自己尽快地冷静下来。

此时的科德列夫，见台下一直安静、沉默，又看到凯瑟琳的表情，似是在闭目养神，只好自己来揭开这个谜底吧，虽然可能会令很多人对自己有很大的敌意和误解。

"既然没有人能够回答我的提问，那我就把这个谜底揭开，以供大家参考。

"评价脑科学进步的不仅仅是脑机接口、脑控芯片等产品及售卖的各种思想和智慧，而是要看这两类产品能否使受众的大脑利用率从3%的比率提升到5%的比率。因为5%的大脑利用率，预示着人人都可以成为天才科学家，而天才可以有很多理论及科学创新。恰恰是因为没有涌现理论及科技创新，我才断定市场上销售的产品，并没有让受众的大脑利用率上升，这就是现在脑科学面对的现实。

"如果，我说得再严重一些，目前市场中销售的脑科学类产品，仅仅是一个知识、智慧的灌输器！这样说会让人憎恨。但大家冷静地想一想，就应该可以接受我的判断。

"大家都知道我国的'万神殿'计划，相信大家也看到了'万神殿'计划的事实结果。那就是让人从普通到强悍，不仅是有智慧，更是在复杂的国际环境中，始终让国家走在正确的发展方向上。

"当然，诸位不要觉得我是在推销产品，我们的成果仅仅为国家领导人服务，不会面向民众。这是我们之间的区别，但从效果来看，我们的'万神殿'计划的确可以把人的大脑利用率从3%提升到5%。

"诚然，脑科技产品受众的素质不一样，最终体现的效果也会千差万别。但我可以负责任地告诉大家，目前市场在售的脑科技产品，只是把人变成了机器人，而没有把人变成智慧人！"

科德列夫这句话，可谓一石激起千层浪！整个会场就像往200℃的油锅里，猛然倒进了一杯水。

炸了！

不仅仅是脑科学研究员们的议论声音越来越大，就是前排就座的几个人，也感到震惊！

欧盟脑科学专家冯·恩斯、普智集团CEO任平，特别是前来参会的刘博，也感觉科德列夫说得太直白、太大胆，但也是大实话。

凯瑟琳的助理安娜走到凯瑟琳身边，两个人聊了一会儿，凯瑟琳便在安娜的引领下，略微弯腰，走出了会场。

凯瑟琳没有想到科德列夫对NGL科技集团有这么清晰的解剖。听到科德列夫说完，凯瑟琳感觉脑中引爆了一个炸弹，直接把她炸傻了，让她呆若木鸡。

幸好安娜过来，询问凯瑟琳需不需要离开会场，到外面静一静。安娜听完科德列夫的发言后，也受到强烈的冲击，转而对科德列夫充满了仇恨！

安娜虽然是凯瑟琳的助理，却与马克有着单线联系。安娜不仅懂脑科学，更是对集团的运营也颇有心得。

当科德列夫说完，安娜就知道，面向全球直播的会议演讲，会对NGL科技集团造成多大的伤害，公司股价下跌10%到30%都是有可能的。更令人担心的是，看到凯瑟琳呆若木鸡的样子，就知道科德列夫的言论对她的打击有多突然、多猛烈。安娜担心凯瑟琳失控，赶紧过来与她沟通。几句交流之后，安娜确定凯瑟琳没有大问题。安娜建议她出去透透气，凯瑟琳接受了建议。

与会者看到凯瑟琳离去，都怀着复杂的心情，毕竟凯瑟琳是第一个因脑科学研究成果获得诺奖的人。很多研究脑科学的人以凯瑟琳为榜样，引以为傲。但他们想不到的是，此时的凯瑟琳心中的天，已经塌了。

凯瑟琳引以为傲的脑科学研究，虽然都是在马克的规划方向上做的研究，也取得了空前的成就，特别是在获得诺贝尔生物学及医学奖后，凯瑟琳也一度很骄傲，成为亲朋中的明星，更是脑科学研究界的明星！

而在今天，特别是在毫无预兆的情况下，科德列夫准确无误地揭露了 NGL 科技集团产品的不足与虚伪的一面。只是还有一部分，科德列夫没有提及，这也是后来科德列夫告诉刘博的。

刘博很想去找凯瑟琳，至少可以安慰她一下，让她的情绪好起来。但心中的天平，却让刘博继续等待科德列夫讲完，更盼望会后与科德列夫深入地交谈一次。

此时的会场，议论声此起彼伏。三五人一个小讨论，八九个人一个小会场，让大会场乱作一团。会议主持人见状，征求科德列夫的意见后，宣布散会，明天会议继续进行。

刘博小跑着追上科德列夫，科德列夫一见刘博，赶忙与他握了握手。

"刘先生，这里人多嘴杂，跟我回宾馆聊吧，顺便可以喝一杯。"

科德列夫笑着问刘博，刘博正求之不得："好，任凭您安排，前头带路。"

两个人刻意避让，科德列夫很快就带刘博回到下榻的宾馆。

刘博打量着科德列夫所住的宾馆，功能完备，但略显简陋。科德列夫拿了两个酒杯、一瓶威士忌过来，在茶几上放好，开始倒酒。

"刘先生，您在到处看什么？"

刘博走过来，在沙发上坐下，与科德列夫面对面。

"看看您的居住环境，豪华不足，简陋有余啊，难道您这个领导，出差的标准下降了吗？"

科德列夫听后哈哈笑了起来，"恰恰相反，出差的级别提高了。住在这里是遵从安保的需要，前几个月有几位诺奖得主失踪、被绑架后，顶头上司就把我的安保级别提升了两级，快要接近总理的级别了。"

"明白了，原来科德列夫同志还是潜力股。来，我敬您一杯，祝老兄高升。"

刘博端起酒杯与科德列夫碰杯，抿了一口酒。

"哪有什么高升？而是更不自由了。是不是我刚才的发言，让您的心上人备受打击，找我兴师问罪来了？我正在想要不要让警卫进来保护我呢。"

科德列夫在调侃刘博，刘博当然明白，所以就大大咧咧地接招。

"科德列夫老兄，我首先承认您的专业水准确实厉害。您只用十分钟就打败了一个诺奖得主，我估计这会儿 NGL 科技集团的股票至少跌了 20%。其次，您的发言切中要害，一针见血，把大家对 NGL 科技集团研发方向的认识做了纠偏，为您点赞。"

"有没有一语惊醒梦中人的感觉？"

科德列夫笑着问道。

"绝对有，而且是震撼级别的。估计今晚很多人会失眠，重新思考所付出的研究成果是否是站在沙滩上的城堡，遇水即溃。"

刘博认真地说完，与科德列夫各自干了一杯酒，科德列夫起身倒酒。

"刘，我的酒怎么样？"

"酒不错，比人透明，好酒有品。"

刘博也知道科德列夫的潜台词，所以回掼了一下。

"噢，酒的生命是人赋予的。而人呢？二人千面，一人也可以两面，这就是物质到生物质的区别。不是吗？"

科德列夫晃晃酒杯，看着酒的颜色，嗅了嗅酒香。

"今天我是有意来做这个演讲的，但不是针对凯瑟琳个人。我们的信息分析显示，NGL科技集团，不仅仅在脑科技上大发横财，更是有不可告人的阴谋。而凯瑟琳，只不过是一个不知真相的定向研发科技狂。聪慧的脑袋具有典型的工科思维，我担心她被马克利用了。"

"老兄，您这样说会不会有点过于严重，一个为集团工作的人，只有在研究上有突破，才能对得起工作。这也是职业道德吧。"

刘博不是为凯瑟琳辩护，而是对一个工作人员的基本常识，受雇佣就应该把责任担起来。

"刘，记得您谈过科技道德。您的父亲已经对宗教信仰有深入的研究。在智慧社会，让信仰、科技道德指导人们的日常行为及规范，已经迫在眉睫！"

科德列夫的话，让刘博豁然开朗。对啊，当自身工作与科技道德相反时，先要明白是非！

"老兄，您倒是提醒了我。是的，每一位科研人员，必须遵守一个科技道德底线。在没有新的道德标准诞生前，以前的道德标准也有部分可取，这就是道德的底线思维。我父亲确实是在推进新的道德伦理，特别是智慧社会的道德标准。您这样一说，我就明白了，相信凯瑟琳会明白您的良苦用心的。"

心有灵犀一点通，一通百通。

"干杯！"

"干杯！"

两个人的交流开始进入深水区，也让刘博有了更全面的认知，特别是科德列夫的最新研究成果及后期的研发方向，彻底为刘博打开了一个新的世界。

15. 控制危机

NGL 科技集团中东分公司实验室完成了光荣的使命，以优惠的价格卖给了早就虎视眈眈的贾麦德。

在实验室交接当日，奥马与贾麦德在合作备忘录签字，即日起实验室转至贾麦德名下，但依然用 NGL 科技集团中东分公司的名头。

这也是颇有深意的。

贾麦德希望低调，如果让国际社会知晓这件事情，则会让国际舆论发酵，或许都会预测贾麦德利用实验室来做什么惊骇世俗的事情。另一个原因是，NGL 科技集团中东分公司最为核心的资产——天链系统分支控制系统，对于贾麦德而言，这个系统才是交易的重点。而这，也恰恰是马克与奥马有意而为之，默许的。

天链分支系统对于贾麦德而言，无疑犹如核按钮的开关。这份协议的签署，让贾麦德对圣战事业信心满满，也为即将开始的新计划提供了强大的科技保障。

贾麦德、班纳库、特布一行人送走奥马后，算是正式接管 NGL 科技集团中东分公司。贾麦德在班纳库的引领下来到实验室的会议室，三人在会议桌前坐下。班纳库的助理给每人的面前放了一杯水，就悄无声息地走了出去。

"今天是开启新纪元的一天！这个分公司实验室对于我们而言，其技术性、未来性怎么夸奖都不为过。特别是你们两个人，这将是你们的舞台，也是你们的基地。新计划的实施，都将由你们来执行。"

贾麦德很兴奋，说到新计划，胳膊也挥舞起来，并对班纳库与特布两个人的能力感到满意。

"感谢大阿亚图拉让我和特布负责新计划，我们的计划进展顺利。自从与 NGL 科技集团合作后，我们实验室推出的脑机接口与教义植入，目前已取得非常好的效果。具体的数据，让特布介绍一下。"

班纳库喜欢在大阿亚图拉面前邀功，但对具体的业务与技术，都不参与，这就是优缺点共存的一个明显的特征。

"大阿亚图拉，我就做一个详细的汇报。基于记忆的可读取与删除，我们实验室推出的倍增计划，取得了超出预期的良好效果。我们主要从三个方面来做这件事：

"一、实验室针对全球教众的教义植入全部完成，教众对信仰更加坚定，几乎 100% 具有献身精神，这是我们引以为傲的。

"二、教众发展教众，自教义植入后，不到一年的时间，我们教众的人数就翻了五倍！这是一个最好的从质变到量变的过程。目前，我们正在对新增教众开展教义植入，希望通过努力，让全世界只有一个信仰。

"三、针对我们的敌对方教众，特别是主教级以上的职级，我们采取'请来'的方式，把他原有记忆中的教义删除，植入我们的教义。结果显而易见，被我们请来的主教，成功成为我们的教众，并对他原来的群体产生影响，让他原来服务的教众陆续皈依为我们的信仰。在这一方面，皈依率高达 100%。

"现今我们接手 NGL 科技集团中东分公司，特别是脑控无线芯片的推出，更是为我们的新计划做了双保险。我们将随时等待大阿亚图拉新计划开始的指令。"

特布总结工作很到位。教众数量的增长远远超出大阿亚图拉的预计，更让贾麦德信心满满，豪情万丈。

"我们的新计划实施前，你们有必要在小范围内做一次脑联实验。验证一下天链系统对脑控无线芯片的指挥情况。如果实验效果符合预期，我们择机开始执行新计划。"

贾麦德自然有谨慎的理由，做事讲究一击即成。如果新计划有一点闪失，不仅要面对漫天的讨伐，更有亡国之忧。自古征战是兵器与心智的较量，但在智慧社会，脑控才是最有效、最快、成本最低的方式，这是无可置疑的。

当然，为了获得 NGL 科技集团中东分公司，付出的不仅仅是金钱的代价。也有部分国家主权与其他的协议，这也是没有办法的事情。毕竟，自己手中的筹码太少！

宗教对科技创新的指导与本身的创新能力越来越低，特别是从工业革命开始，宗教即反对与遏制科技创新。因为科技创新越快、越强，人们对宗教信仰的质疑越大。人们对宗教信仰质疑，宗教对教众的精神控制度自然就一路下滑，甚至到了对宗教不屑一顾的境地。

与 NGL 科技集团的合作，恰恰是天赐良机。特别是教义植入计划，目前来看是最成功的，也为新计划的开始奠定了基础。虽然付出了国库中的全部外汇，那可是依靠石油出售与剥削教众数十年的收入。但是为了能够跟上社会发展的步伐，只能丢车保帅了。

贾麦德不仅是宗教领袖，更是熟知历史的哲学家。只不过因他刻意隐饰，而不为外人所知。理由很简单。第一是有利于本身的权威，哲学的深度与先知的形象成正比，第二是有利于搞清楚宗教的未来。

宗教在农业社会全面兴盛，至工业革命时则全面向衰，最明显的事件自然是宗教在欧美成为社团组织，从此政教开始分离。政教分离，使得宗教权力大为减小，也就远离了世界的中心。

直到今天，全世界为数不多的几个政教合一的国家，大都在中东，而且以资源为经济发展的主要动力。在科技创新等领域用一事无成来形容也毫不为过。

政教合一的国家在核武器这一块难以突破，毕竟这需要耗费太多的资源，那就只能寻找科技外援了。也恰恰在这个时候，NGL 科技集团计划寻找理想的海外实验中心。双方一拍即合，这也让贾麦德的计划有了科技保障。

班纳库与特布并不理解贾麦德的心机，而是认为 NGL 科技集团的中东分公司，能够让他们的宗教有更好的发展而已。贾麦德一直用教义去规划国民的生活行为习惯，特别是近些年欧美文化在全球各地大肆入侵，让贾麦德连连叫苦。贾麦德称他们为世俗国家，让全世界的道德出现了大滑坡。欧美是道德的公敌，所以需要一个切入点，给他们点教训……

几乎同时，远在 H 国的 Q 市，刘博正与老爷子就科技与文明的关系，进行一番交流与探讨。与其说两人是父子，倒不如说是两个研究生，只有学究。

"老爸，我上次去日内瓦开会，与我的朋友聊过，他们对科技道德都充满了期望。但国际上还没有人系统地提出科技道德的行为范畴和日常行为规范。老爸，您这里有什么难点吗？"

老爷子看了刘博一会儿，对这个问题回答比较谨慎。即使自己对这个问题的解决方案做了系统的研究，但针对不同国家、不同政体、不同信仰的科研人员而言，既要有广度的包容性，又要有统一的底线思维，这才是关键。

"这件事不仅仅是难点的问题，而是要从宗教历史发展的角度与未来社会构架来看问题。你知道，在农业社会，U 洲是政教合一的。进入工业社会后，宗教成为社团组织，地位一落千丈。你知道是什么原因吗？"

老爷子反问刘博，也是想看看刘博理解的深度。

"宗教在农业社会，是从部落的图腾崇拜开始的，到宗教有系统地指导人们日常生活及行为规范，其实是让社会及民众有个道德底线。宗教的本义是让人向善、去恶贪，对于统治阶级而言，就是教化民众，减少执政成本。我这样理解对吧？老爸。"

"对，这只是其中的一部分，并不是主因。宗教本身也有科学创新，也有行为规范，是一个综合体。宗教先有文化教化，后来加入先进的科学。当科学的发展影响到宗教的统治权威时，宗教会不惜一切代价地去扼杀科学创新。"

老爷子这样说，刘博马上就明白了，抢话道："乔尔丹诺·布鲁诺就是这个例子！布鲁诺在获得哲学博士后，逐渐对宗教产生了怀疑。布鲁诺大胆地批判《圣经》，因而得罪了罗马教廷，只好逃出意大利。布鲁诺又批判托勒密的地心说，宣传哥白尼的日心说，同时发展了哥白尼的日心说。布鲁诺认为宇宙是无限的，在太阳之外，还有无数个类似的恒星系。

"1592 年，罗马教廷采用欺骗手段，把布鲁诺骗回意大利，立即将他抓捕起来投入监狱。布鲁诺在监狱中受了八年的折磨，也不屈服，并说不会有半步退让。1600 年 2 月 17 日，布鲁诺被烧死在鲜花广场上。到了 1889 年，罗马教廷又为布鲁诺平反，恢复名誉，并在鲜花广场树起布鲁诺的雕像，以此纪念他的献身精神。但，时间却过了 289 年！这 289 年间，就是宗教从压制科学创新到被科学创新打败的一个过程。"

刘博说完，静静地看着父亲，等父亲对他的论证下评语。

老爷子一脸微笑，喝了口茶，"是的，宗教从农业社会时期的统治权、解释权到工业革命后的解释权也被剥夺。这是一个显著的特征，那就是在社会秩序的发展中，宗教已经完成了它独有的历史使命。虽然宗教现在还在发挥着余热，但也是火之将熄，回光返照而已。"

老爷子从历史的角度评判宗教，也不无道理。

历朝历代，都是一个个历史的脚印，从兴盛到衰亡，其兴也忽焉，其亡也忽焉，只是规律。宗教也不例外。当然，不能否定宗教的贡献和历史，更需要尊重这个事实。即将开始的智能社会，宗教的存在，会越来越渺小。那么，谁来替代它呢？

"老爸，我以为宗教最大的贡献在于农业社会时期。比如在 H 国，近亲不能结婚，因为近亲结婚容易让后代大脑智障、身体畸形等等。宗教也是，特别是马尔克斯写的《百年孤独》一书，女主角与表哥结婚，总是担心孩子长尾巴，这就是宗教教化的结果，结局自然印证了担心的消亡结局。

"后来，科技发达了，近亲也可以结婚，不要孩子就行。非要孩子，也可以去医院检查，适合要孩子的，才可以要孩子，这是在伦理上的一个突破。欧美，以前宗教强势的时期，乱伦现象少之又少，而在科技发达的今天，伦理有很大的失序。我感觉，科技先进了，深入生活中，改变了部分原来的禁忌与顾忌。社会减少了摩擦，增加了和谐。"

"你小子，这个话题比较敏感。不过，你说得有些道理，H国与欧美国体不同，民众的表达方式不同。H国人含蓄，极少在大庭广众之下谈论伦理，像老夫子一样，很多时候都忌口不言。但社会的发展，需要把一些东西讲到明处，不然会贻误一代人，造成麻烦。比如你学生理卫生课时，男女的身体结构，特别是讲男女的生殖器官时，老师给你们讲吗？"

刘博闻言也略显尴尬，脸色微红。

"没有讲，这一节课老师让我们自学的，全班的气氛怪怪的。男同学和男同学窃窃私语的多，而女同学基本鸦雀无声，男女同桌的，更是尴尬。"

"在欧美呢，这节课该讲就得讲，这也是老师的责任。事不讲不明，理不辩不真啊。"

老爷子深有感慨，H国人对性顾忌太深，但越是遮掩，越有求知欲。求知欲被压抑，这就形成了一个隐形的心病。

"老爸，您的研究成果打算什么时间发布？"

"时机还远远未到，不急。现在做些总结，那就是论证科学与文明是并行的关系，还是一前一后的关系，或者是一升一降的关系。

"科技可以创造文明，而文明却不能创造科技。从这个角度而言，是科技创造的文明。而后来又是一个样子，科技与文明是一升一降、一降一升的先后关系。文明时间久了，会阻碍科技的创新。而科技发展也需要文明来规范。"

老爷子的总结，让刘博陷入了思考。

老爷子讲的无疑是对的，但是，科技发展需要文明来规范？

"老爸，科技发展需要文明来规范？"

"嗯，是这样的。科技发展一日千里，当然需要。比如二战时期的原子弹就是科技创新的结果，但二战后，美苏一直叫嚣使用核武器作为威胁。当 H 国拥有核武器之后，国际的核武器势力达到平衡，所以出台了《核不扩散条约》。这个条约的诞生，就是一个最好的文明约束科技的例子。

"这样做有两个主因。一是先发国家巩固自己的军事技术优势，保护自己的核心利益；二是世界需要相对和平的发展环境。这两点促进了用文明来规范科技创新，一个典型的例证就是，破坏力更强的氢弹研制成功以后，从未用在战争中。这是让人感到庆幸的，这就是文明规范的力量。"

老爷子说完，在书房里来回走动了几步，无疑也是有某种担忧的。

"科技需要道德、伦理来规范，最先进的科技往往最早站在道德和伦理的对立面。我这样理解对吧？老爸。"

"对，往往最先进的科技创新诞生的时候，当时的世俗与道德对其是批评的，从批评到接受需要一个过程。比如克隆技术，自诞生后，对于克隆什么才是被允许的，一直有争议。比如说，如果用我的一部分肌体组织，克隆一个我，你会对克隆的我叫爸爸吗？"

老爷子说完哈哈笑了起来。

刘博挠挠头，有点说不出口。

"估计叫不出口，确实事关伦理。"

"是啊，心里会有障碍。不然，直接克隆几个我，你就有几个爸爸了。"

老爷子也是摇了摇头。

刘博望着笑着的老爸，心里嘀咕，这就是我那思维严谨的老爸吗？

"切，那不就妥了吗？每个老爸给我一套房子，我不就是亿万富豪了吗？想想就高兴。"

刘博撑了老爷子一句。

"你想得美！克隆来的可没有你亲爸有钱。他们来到这个世界时，可是赤贫状态！但是老了，还是要你养老的，小子。"

"呸，还有比这更悲惨的事吗？"

刘博缴械投降了。

"言归正传吧，老爸。您认为科技道德的平衡点在哪里？什么时间出现呢？"

"科技创新最直接的体现是在战争中，这是历次战争中的特点。从冷兵器到热兵器、从小规模到大规模，政客无休止的贪念，让地球成为地狱，而此时的科技创新则明显是在助纣为虐。"

"明白了。老爸您的意思，现在脑科学大创新，也只有经过大灾难，或者大战争后，才会用文明规范的形式，把科技道德推行起来？"

"是的，估计那时候，我们统一用的名称，应该是智慧社会的道德伦理规范，或者以这个为蓝本，形成智慧社会的行为规范。

"不过，现在能做的，就是完善规范细则。剩下的，就是静观其变。"

老爷子说完，看着刘博。两个人都沉默了。因为，谁都明白静观其变意味着什么。

16. 黄雀在后

NGL 科技集团总部。

天链控制部总裁艾森豪威刚到办公室，控制部主任彼得森就过来汇报紧急情况。

"总裁，出现一个紧急情况，需要您来决断！"

"什么事情这么急？我们的控制中心可是从来没有出现过差错的。"

艾森豪威说这句话是有底气的，控制中心自成立以来，从来没有出过一起事故，哪怕是很小的事故。

"我们的天链枢纽卫星 SN-7125、SN-7126 号及其所属的 78 颗通信卫星已被不明指令控制，这是刚刚发生的事情。"

彼得森满脸焦急。

因为天链系统遇到入侵，这是第一次！

虽然有很多种处理预案，但彼得森把握不准，直接来找艾森豪威总裁。这样有两个优点：一是让艾森豪威总裁做决策，自己只管执行，这样可以有最快的时间反应。毕竟自己做决策也要报请艾森豪威总裁批准执行。

二是在处理天链系统入侵情况时，彼得森慌了，目前的情况复杂，先汇报、再处理，这样风险小。

"这两颗枢纽卫星及其所属卫星覆盖的区域有哪些?"

艾森豪威临危不乱。

既然天链系统被入侵,就要知道这两颗枢纽卫星所服务的区域,以便明白敌人的企图。

"稍等,我马上查。"

彼得森站在艾森豪威的办公室,打开控制显示,马上找到了两颗枢纽卫星的坐标。

"报告总裁,枢纽卫星 SN-7125 及其卫星服务区域为密歇根州,其核心区域为底特律。枢纽卫星 SN-7126 及其卫星服务区域为伊利诺伊州,核心区域为芝加哥。"

彼得森的报告准确无误。

艾森豪威一听有芝加哥,那可是金融、期货商品交易中心。

如果发生混乱,可能会引起国际市场的恐慌。

"你回控制中心待命,并把入侵者的指令来路及接入地马上查清楚。我马上向马克汇报,然后再定反制措施。"

"好,我在控制中心等待您的指令。"

彼得森走出房间,快速跑回控制中心。

艾森豪威马上打电话给马克,这时不能有半点闪失,否则后果不堪设想。

"马克,我想,我们遇到大麻烦了。"

"发生了什么事情?您说清楚。"

马克感觉到了艾森豪威说话的情绪,但也没有感到太意外,反而比较镇静,这也是马克优秀的心理素质决定的。

"马克，我们的天链系统被入侵了。入侵者控制了 SN-7125、SN-7126 两颗枢纽卫星及其所属的 78 颗通信卫星。这两颗枢纽卫星服务的地区分别是密歇根州的底特律和伊利诺伊州的芝加哥。我已命令控制中心的彼得森全力追查入侵者的入侵路径和接入地。"

艾森豪威一口气把情况介绍完，总算舒了口气。

"我知道了，辛苦您了。我在办公室，奥马也在，您也过来吧，一起讨论一下解决方案。"

"好，我马上到。"

艾森豪威敲了敲马克办公室的门，然后推门进来。马克与奥马都在办公室的主控中心，两个人都盯着显示屏上的天链系统运营数字。虽然显示屏有 1000 多平方米，但也显得太小，因为整个天链系统共计 12 万颗卫星，其中枢纽卫星就高达 3600 颗！

"马克、奥马总裁，你们都知道具体情况了吧?"

艾森豪威问道。

"是的，艾森豪威。这是我们第一次遇到入侵的情况，我建议马克先生先不要采取措施。我们首先要全力追查入侵者的入侵路径，只要我们搞不明白入侵者的入侵路径，我们就可能会连续地遭受入侵。"

奥马说完后看着艾森豪威，他希望艾森豪威和他一样，这样可以对马克产生影响，从而可以全力展开追查，而不是立刻与入侵者开战，避免两败俱伤。

"奥马总裁说得对，我已让彼得森全力追查，估计很快就会有结果。"

艾森豪威说完，他们两个人看向马克。

马克想了一会儿，"好。我说两点：第一点就是全力追查入侵者的入侵路径，尽快断其后路；第二点，把入侵时间、入侵路径备案。在查明入侵路径一个小时后，验明无误，向联邦调查局报案。同时，启动反制措施，把入侵者赶出去。"

马克说完后，看了看奥马与艾森豪威。

"你们有什么需要补充的吗？"

奥马与艾森豪威对视了一眠，都摇了摇头，异口同声地说了句"没有。"

"那就这样吧，你们去做好自己的工作，相信很快就会水落石出，不会出什么大问题。"

马克说完，站起来走到吧台前，调了杯酒，轻轻品了一口。

奥马和艾森豪威见状陆续退了出去。马克见他们两人走了出去，舒了一口气。一仰头，把酒杯里的酒一口喝完，情绪反而稳定了下来。

马克深知入侵者的目的，没有及时阻止，是因为他看到入侵者入侵的两颗枢纽卫星目标是底特律和芝加哥时，感觉入侵者的目标并不大，反而有些试验的性质。

难道，他们想牛刀小试，然后肆无忌惮地开始大规模的打击？

艾森豪威从马克的办公室回来不到半个小时，彼得森又来汇报情况。

"入侵者在控制 SN-7125、SN-7126 的第四十分钟，也就是刚刚，向 SN-7125、SN-7126 发送了指令，并且是不可撤回的指令。我担心出问题，所以马上过来向您汇报。"

彼得森说完，和艾森豪威看向办公室的控制显示器，屏幕上显示两颗枢纽控制卫星的轨道位置及所属的 78 颗卫星运行图。

两颗枢纽控制卫星及 78 颗通信卫星被入侵，彼得森将其标示为红色，虽然这数十颗卫星在天链系统的 12 万颗卫星中微不足道，但此时，艾森豪威察觉将有不同寻常的事情要发生。

"入侵者的入侵路径和入侵地址查清楚没有？"

艾森豪威关心的是追查情况，这才是关键。如果这个问题不尽快查清楚，入侵者对天链系统的威胁，将会越来越大，甚至造成人间浩劫。

"正在追查，技术部回复说再有十几分钟，应该可以查清楚，届时我再向您汇报。"

彼得森说完，又回控制中心去了。

艾森豪威的预感是真真切切在底特律和芝加哥上演了，只是此时的信息已经成为真空。等信息可以再次传出的时候，那已是 6 个小时之后了，时间定格在上午 10:10，人间失格！

亚伯拉罕带着 3 岁的小女儿出门，把孩子放在 NGL 电动车后排的儿童座椅上，系好安全带。

"宝贝，安心坐好，乖乖听话，一会儿就见到爷爷奶奶了。"

"嗯，我想爷爷奶奶了。"

女儿满脸幸福、期待的表情。

妻子劳拉锁好家门，坐进副驾驶。"今天天气不错，对于去见爸妈来说是一个好日子。"

劳拉兴高采烈地说着。

"肯定啊，收入决定幸福，我这个月的奖金都快超过工资了。上次你看好的那件首饰，我们下午回来时去买。"

"谢谢亲爱的，所以说，今天是个好天气。安心开车吧。"

亚伯拉罕今天带孩子去看望父母，距离只隔了三个街区。他点击显示屏，播放摇滚音乐，开车向父母家驶去。

在离第二个路口红绿灯还有 200 米时，亚伯拉罕突然感觉大脑一片空白，犹如黑夜里的一道闪电，什么都不知道了。而脚却习惯性地用力一蹬，NGL 电动车猛然加速，向前冲去！

劳拉与亚伯拉罕是一样的遭遇，虽然在副驾驶睁着眼睛，但眼睛一动不动，整个人已然没有了反应。

只有 3 岁的小女儿，还在随着音乐晃动着身体，并摇晃着两只小胳膊舞蹈，完全没有意识到 NGL 电动车加速的后果。

而此时的 NGL 电动汽车以 150 英里的时速向红绿灯路口疾驰而去……

前方红绿灯路口的四个方向，已经有十几辆车撞在一起，特别是路口中间的几辆车，车头都已经撞没了。碰撞导致 NGL 的电池起火，迅速燃起的大火和浓烟，掩盖了路口的红绿灯。

从路口四个方向疾驰而来的电动汽车越来越多，亚伯拉罕的电动汽车左前方撞向前面的一辆事故车的后部。轰然而响的撞击声，伴随着同时弹出的安全气囊打在亚伯拉罕、劳拉面无表情的脸上，两个人却没有发出一丝声音。NGL 电动车撞击前车后，车身向右翻滚着砸向了一片撞击后的车上。

亚伯拉罕的小女儿仅仅发出了一声"啊……"，睁着大眼睛还没有反应过来，剧烈的撞击让她瞬间失去了知觉。

车尾腾空而起后还没有落下来，后面疾驰而来的汽车，又轰然撞在亚伯拉罕的车底中央。车向前翻了过来，两次猛烈的撞击，不仅让车面目全非，更是导致了爆炸，浓烟烈火迅速吞没了亚伯拉罕及他的家人。

几乎同时，底特律市区内的 NGL 电动汽车、手机，在同一时间发生爆炸。爆炸声过后，市区陷入了暂时的死寂。

电动汽车、手机爆炸又引燃了家庭、公司的大火灾。大约 10 分钟后，全市的天然气管道被大火引爆，全市区内相继传出的爆炸声此起彼伏，烈焰冲天，浓烟遮日。一时间，底特律宛如人间地狱。

没有用 NGL 电动车、手机、脑机接口、脑联动系统而侥幸逃生的老人，望着漫天的火焰和浓烟形成的黑云，呆落木鸡。有的老人尝试着打火警电话，电话中传出的只有嘟嘟嘟的忙音，更加剧了恐惧。在慌乱中不断地拨打报警电话，依然是忙音的声音。

"我的上帝，这是末日吗？《圣经》中说发洪水时，会有诺亚方舟来搭救我们。可今天的末日是漫天的大火，上帝啊，您能听见吗？"

苏珊老太太在窗前看着街道两边的房子燃起了大火。她左手扶着窗，用右手食指从额前到胸前，从一个肩向另一个肩不停地画十字。祈求降低恐慌，让自己安静下来。

苏珊的十字画了还没有十个，邻居的天然气管道被烧毁，引起了一声爆炸，一个大火球腾空而起，附近的两栋房子在爆炸中轰然倒塌。苏珊还没反应过来，手指停留在额头，瞬间已被倒塌的房子压在了下面。

芝加哥的情况与底特律如出一辙！灾难发生后，临近的几个州纷纷向底特律、芝加哥派出救援队伍。新闻记者及媒体则通过无人机实时报道救援进展，但惨烈的灾难远超他们的想象。

一个小时后，MT 国总统布林德发表电视讲话，首先深深地哀悼在灾难中去世的人们，最后话题一转：

"灾难的程度远超我们的想象，底特律在这场灾难中，人口遇难率高达 99.8%，共计死亡 100.1 万人。芝加哥人口遇难率为 99.9%，共计死亡 120 万人！两市共计受难人口总数达 220.1 万人，这是史无前例的灾难，是有史以来最惨烈、死亡人数最多的恐怖袭击事件。

"我已责成联邦调查局全力追查真凶，如果真凶是国外的，我将授权海军陆战队即刻奔赴恐怖分子基地，如遇顽抗，全部就地处决。"

布林德坚定的语气和凌厉的眼神，充满了杀气！

"另外，关于高科技带给国际的安全风险和不可预测的灾难，我将做出保护 MT 国公民的计划安排……"

凯瑟琳在屏幕前听着总统布林德的讲话，内心却汹涌澎湃。特别是在听到灾难导致 220.1 万人死亡时，她深感负罪，泪水悄无声息地流了下来，又从下颌流向了脖子。

凯瑟琳张着嘴，呜咽着，头抵着墙角，却又哭不出声音来。

自上次被科德列夫的发言惊得目瞪口呆后，她开始深深地反省、反思，也深知自己已经错了。而这次灾难，直接让她的精神被灾难的后果压垮了。脑科学造成的灾难，远远超过了核武器、生化武器。220.1 万人死亡，再高的荣誉也不能够与生命相比。

这次灾难就是脑控技术直接导致的。而自己一直推动脑控技术的发展，是脱不了干系的，最少也是间接的灾难制造者。

深深的自责，让凯瑟琳一周没有出家门，即使是联邦调查局的警官问询，也是在凯瑟琳家中进行的。NGL 科技集团在灾难发生后报警，并公布了整个入侵路径、入侵时间及入侵者的地址。也正因为这样，联邦调查局才没有对凯瑟琳及 NGL 科技集团过多地纠缠，其中的原因，只有天知道了。

"刘博您好，我是凯瑟琳。"

凯瑟琳在噩梦中惊醒后，一身汗水，身体尤为疲惫，软弱无力。想到了刘博提起的科技道德，这时候才深有体会，便拨通了刘博的电话。

"凯瑟琳美女好，今天还和'您'愉快地度过了富有成效的一天。哎，听您说话的声音，好像情绪不高啊。"

刘博听声音对凯瑟琳的判断一直很准。自从灾难发生后，刘博一直盯着事件的进展，担心凯瑟琳的同时，也知道她面临的调查与压力，所以没有贸然地给凯瑟琳打电话。

"刚才做了个噩梦，自灾难发生后，几乎每晚都是这样。我想，我都快要疯掉了。"

凯瑟琳的开门见山，反而让刘博放下心来。

"凯瑟琳小姐，我冒昧地提一个建议，您看可以吗？"

刘博最近的科研进展取得突破，剩下的事情让田静及其团队去完成，自己也有时间休息一下。

"什么建议？"

凯瑟琳的声音显得簌簌的。

"您来这里休养一段时间吧，刚好我也有几天假期。同时呢，我的新科研成果，或许只有和您才能够聊一聊，就是'灵眸'交流系统。"

刘博不是用脑科学来引诱凯瑟琳，而是用"灵眸"交流系统来把凯瑟琳的注意力从脑系统造成的灾难上引开。

"'灵眸'交流系统?"

这也是凯瑟琳未来的研究方向之一，但现在看来，自己已经没有了科研的心力，还是先恢复精神吧。

"是的。凯瑟琳，我的'灵眸'交流系统已经取得突破，相信用不了多久，就会有成熟的产品面世。您能来一起做个见证吗?"

"好，我去您那里，给您的'灵眸'交流系统做个见证。但我主要的目的，还是想和您讨论科技道德的信仰问题。如有可能，我想去拜访您的父亲。"

凯瑟琳明白，只有解决了科技道德信仰问题，自己才会振作起来。特别是刘博，带给她的惊喜与安全感越来越多，看来当初把"自己"送给刘博完全是对的。

"欢迎您来我这里做客。如果我父亲的研究能够让您恢复自信，那可是功德一件。脑联动系统和'灵眸'交流系统的融合，还需要您来指点。"

刘博也说得诚恳。

"对了，您计划什么时间来?"

刘博跟着问了一句。

"我一会儿收拾几件衣物，然后去机场。您今晚可要请我吃饭了。"

凯瑟琳对着电话说完，开心地收拾起来。

17. S市

刘博从咖啡机上取了两杯咖啡，端到沙发前的茶几上，向凯瑟琳的方向推了一下。

"尝尝我种的咖啡豆，专门给你喝的咖啡，看看口感如何？"

"你种的咖啡豆？在哪里种的？"

凯瑟琳自然不信，就是我，我也不信。

"在云南种的。前几年和同事们去云南团建，和一户民宿老板成为莫逆之交。恰好那几天他去种植咖啡树苗，我给他做了几天义务工。而回报呢，就是每年给我快递50斤咖啡豆。你说，是不是我种的？"

刘博的确去种植过，但种植的品种，他却忘了。

"这么讲，可以算是你种的。只是这是什么品种呢？"

"肯定是我种的。当时我对咖啡树苗不懂，估计是罗布斯塔或者是阿拉比卡，应该是其中之一。你如果懂，品一下不就知道了？"

刘博反将凯瑟琳一军。

凯瑟琳端起咖啡，先闻了闻咖啡的香气，然后喝了一口，让咖啡从舌尖向整个口腔滑动，然后慢慢咽下。然后又喝了一口，又重复一次，只是这次味蕾的反应更真实。

"应该是罗布斯塔。味道浓郁，苦味重。你用咖啡机把咖啡豆做成意式咖啡，算你歪打正着了。不然，苦得你喝不下去。"

凯瑟琳面带微笑地看着刘博。

说到咖啡，H 国人对咖啡的品鉴与种植都要晚于欧美，这也是常情。

"行家一出手，就知有没有！看来你品鉴水平还可以，给你个及格吧。最近怎么样？感觉适合你常住吗？"

刘博最近陪凯瑟琳时间多，每天上午凯瑟琳都来刘博家里聊聊天。下午到处逛一逛，似乎成了惯例。

"离开了脑科学，离开了研究，离开了 MT 国，最近睡眠很好，至少不做噩梦了。常住也可以，上次视频和你父亲聊天，意犹未尽。我正计划这几天去拜访你父亲，让他收我为徒吧。"

凯瑟琳是认真的。自从和刘博父亲聊科技道德，特别是对刘博父亲提倡的"智经"一词，很是感兴趣。在聊到智慧社会的日常行为规范时，让凯瑟琳感到《智经》如同《圣经》，却又完全高于《圣经》。这让凯瑟琳心生向往，所以想入乡随俗，拜师！

"是吗？想怎么拜师？"

刘博不知道凯瑟琳对拜师是怎么理解的，毕竟在 H 国，拜师这个在古代盛行，进入现代后已经很少出现这个词了。更何况在智慧社会，拜师似乎更是复古的事情了。

"在 H 国，可以行拜师礼。跪着磕个头，向师傅敬茶，这是仪式，也是尊师的一个传统，对吧？"

凯瑟琳就是这么认为的，有个仪式感，也是尊师敬师的开始。

"那是以前的仪式。现在都是老师带学生，教授带研究生。你一个诺奖获得者，谁会带你？带不动啊！"

刘博说的是实话。一个美国的诺奖获得者，想拜师，谁敢接这么高大上的学生啊。

"刘博，我是认真的。因为以前对科技道德的认知不够，总认为那是很遥远的事情。上次在日内瓦，科德列夫的迎头一棒，把我打醒了。因为我是按照集团的科研战略，走的是脑科学研究的路子，所以有自己本身的缺陷。即使得了诺奖，可能也有操作的成分，我个人并不特别看重。

"直到底特律、芝加哥惨案发生，我更加确定了自己的失误。看着那么多人瞬间离世，整个城市在一瞬间毁于一旦，这不禁让人心痛与悲愤。正是在这种深感无能为力的时候，我更加坚定科技必须有道德底线，智慧必须有道德底线的想法。而你父亲已经在研究哲学、历史、文化和宗教，制定的《智经》已经初成。这更让我不安的心有个归宿，所以说，我想拜师。仅仅是这个《智经》，足以让老爷子成为全世界所有人的老师！"

凯瑟琳说得情真意切，这也是她的亲身经历，用"放下屠刀立地成佛"来形容，比较妥帖。

刘博听完凯瑟琳的一番话，也深有感触。科技的发达、科学的进步，导致第一次世界大战、第二次世界大战爆发，近两亿人伤亡！

这是一个巨大的教训，但人类似乎没有吸取教训。战争从冷兵器到热兵器用了几千年，而从热兵器到核武器仅用了三百年。

从核武器到脑控战争，却用了不到一百年！

用什么来制约智慧社会的行为底线？用什么来约束科技公司的恶

意，这都是迫切需要解决的问题。

"凯瑟琳小姐，你说得很对。现在老爷子的《智经》初成，但现在推出的时机尚不成熟。第一，适合的人选。老爷子一直做教育工作，在国际上没有影响力，对推广《智经》不是最佳人选。第二，一个合适的时机。推出早了，没有人认同，事倍功半。上次底特律、芝加哥灾难是一个催化剂，估计真正的机遇很快到来。"

刘博这样讲是有预见性的，也是在遵循事物发展的必然规律。

"是的，不管承认或者不承认，底特律与芝加哥灾难只是序曲的开始。真正的大灾难或许就在前面等着我们，留给我们的时间不多了，这样说是不是有些危言耸听？"

"不是危言耸听。从脑控本身来讲，科技巨头就是掌控的开始。社会管理形态由政府向科技巨头过渡，会有不可控的大灾难。你说的将要发生的事情，我们也在考虑怎样才能不受控制，怎样才能避免灾难。我最近形成了几个预案，再修正一下，或许就可以上报了。"

刘博在底特律与芝加哥灾难发生后，深感恐惧。脑控不仅有助于人类智慧的提升，更是让人类从核武器进入脑控主宰一切的时代。

"我对脑控已经不感兴趣了，现在只对你父亲的研究感兴趣。如果能为推动智慧社会的道德体系做出贡献，将是我终身的荣耀。"

凯瑟琳满怀期望，一脸的幸福感。

刘博望着凯瑟琳的样子，呆了！

凯瑟琳看到刘博的样子，伸手打了刘博肩膀一下，"你想什么呢？"

刘博一回神，嘿嘿地笑了："我能想什么？刚才看你一脸期望的样子。我忽然有个建议，不知道你能否接受？"

"建议？不会是想让我做你的媳妇吧？看你出神的样子，不像好事。"

凯瑟琳故意挑逗地问刘博。

"切，娶个洋媳妇？还是诺奖得主，这会影响男人信心的。"

"是吗？白得一个白富美，还振振有词地谈大男子主义，真是不多见。人家德国前总理默克尔，夫妻不一样很好。自己有个健康的心态比什么都强。"

凯瑟琳朝刘博瞪了瞪眼，意思是，你没有健康的心态，也不敢迎接挑战。

"我心态很健康，刚才的愣神，是想的另一件事，就是关于你拜师的问题。我的建议比这个拜师还要更进一步。你有何感想？"

"再进一步？"

"是的，再进一步。"

凯瑟琳有点蒙，一时没有懂刘博什么意思。

"你母亲不是好好的吗？"

凯瑟琳小心地问道。

"滚，你想什么？就你这智商，你的诺奖肯定是你的集团花钱给买的！"

刘博让凯瑟琳气笑了，她的脑袋里想什么啊。

"你说比拜师更进一步，那是什么？明说不就行了，至于这么多弯弯绕吗？"

凯瑟琳嘟囔着，有点不耐烦了。

"哎，你不是白富美，有点蛋白质。"

"你还是螺旋藻呢，说话都表达不充分，脑子不明分。"

"不跟你斗嘴，你的情商不高。我的建议是：刚才看你期望的样子，像是 MT 国的自由女神！由你来做《智经》的推动人很合适！我的理由有三个：

"一、你既是脑科学的创领者，又是脑控灾难的旁观者，深知科技道德的重要性。

"二、你是脑科学的诺奖得主，在全球有极高的知名度。由你来推动，层次更高，影响力更大。

"三、你从灾难中走出来，从脑科学的研究中走出来，自己就是自由女神的化身，可以有最好的说服力。

"这三点我估计我父亲也会同意的。"

刘博的话一说完，让凯瑟琳呆若木鸡。

这是她想都不敢想的。如果能够以这个身份去推动《智经》，这是她没有奢望过的。

"你的建议很好，但我可能负不起这个重托，特别是你父亲，他都没有想到这个，你太一厢情愿了。另外，我身份的巨大转变，我的职务还没有辞掉，还存在纠纷的可能。"

凯瑟琳明白，如果以自身为主去推动《智经》，将是一个艰巨的使命，而且是从技术到思想的一个大转折。自己研发的脑控系统正在造成人类大灾难，却要去推广《智经》就如站在矛与盾的中间，自己去揭示并接受批判吗？

"凯瑟琳，你行的。目前没有比你更适合的人了。我去向我父亲说明，相信他也会同意的。我父亲不太看重自己的名利和得失，相信我。"

刘博真诚地望着凯瑟琳，端起咖啡。

"来，为了推动智慧社会的信仰与科技道德，干杯！"

两个人将咖啡一饮而尽。

凯瑟琳皱了皱眉："咖啡好苦，咖啡品种绝对是罗布斯塔！"

"哈哈，那就是吧。就如这个使命，也许会让你苦一段时间。"

"都说先苦后甜，为了让科技创新有保险锁，再苦我也愿意。那，什么时间可以去拜访你爸爸？"

"你迫不及待了？"

"哪有，你这样一说，是增加了我的期待。"

"我最近几天要出席'灵眸'交流系统的发布会与产融大会，会后我们马上去 Q 市。这件事情也已经到了刻不容缓的时候，需要加快进度。"

"好，我等你通知。"

两个人的心都放到了即将开始的使命中。

博鳌亚洲湾国际大酒店 1 号会议厅内，来自全球的脑科学研究组织及相关公司首席执行官、技术官共有 100 多人，会聚一堂。

会议厅演讲台后的巨幕上用中、英、俄、法、德、日语共同书写今天的会议主题《灵眸交流系统科学成果发布会暨洲际代理招标会》。

会议已经进行到成果报告阶段，刘博正在主席台前侃侃而谈：

"今天与其说是'灵眸'交流系统的成果发布会，不如说是'灵眸'交流系统研究成果的交流会。'灵眸'交流系统的起点是对脑科学的补充，更是脑科学的升级。如果说脑机接口是脑科学的 1.0 版，脑控系统就是脑科学的 2.0 版，脑网互联则是脑科学的 3.0 版。这三个版本的不断升级，让我们普通人的知识含量有了一个质的飞跃。特别是在 2.0 版的脑控技术时代，我们可以像基因科学一样，来治理人类的思想。3.0 版本的脑网互联时代，人们走到哪里，需要什么资讯，我们一想到，所有的资料已经汇聚到脑海。

"所以说，脑科学的发展，让整个社会的生产力、创新力及理论创新向前跨了一大步，这是全体脑科学研究者的荣誉。

"上次在日内瓦会议上，科德列夫先生的一席话相信大家还有印象。科德列夫直言脑控和脑联的不足，也给所有的人留下了一个命题。而今天，我就来揭开这个命题，那就是'灵眸'交流系统科研的成果，恰好解决了这个命题。

"从脑机接口到脑控、脑联网技术的应用，只是对人进行了灌输式的智慧植入，让人从普通到人人都是专家，人人都是全才。但我们的大脑利用率平均水平仅仅增长了 1%！

"虽然 1% 是很了不起，是很伟大，但对我们整个的大脑潜力来讲，是微不足道的。脑科学希望是通过目前的脑科学技术，使大脑的平均利用率达到 7% 以上，这是一个设定的目标。

"为什么现有的脑科学技术，没有达到这个数值呢？因为人脑仅仅靠灌输只是在做加法，我们现在做的是 1+0.1+0.1 等于 1.2。最明显的障碍就是人与人的交流方式还是一如既往的语言、书写和极少的肢体语言。交流方式不改变，交流的效率就低。低效的交流与丰实的大脑形成对比，交流已经成了制约脑科学发展的主要关键点。

"大家都知道，交流是人与人之间相互学习、思想碰撞和升华的最佳方式！只有交流，只有思想的碰撞，才能有思想的升华。从这方面来讲，要解决人与人之间的交流问题，需要重建渠道，这个渠道就是我们的眼睛。

"我们眼睛的构造，决定了我们所能看到的景象。但人的眼睛却有两个发展阶段：一个是3岁之前，眼睛在发育过程中，最多维、最丰富多彩的影像，都是这个时期看到的。比如，这个时期可以看到灵魂与开天眼的多维世界，这将是灵眸系统2.0版。

"另一个是3岁之后。我们的眼睛发育已经定型，成为正常的眼睛。说句题外话，3岁之前发育成长的眼睛，才是未来我们梦想的眼睛。现在的眼睛，反而成了我们认识多维世界最大的障碍。当然，也有个别人，眼睛一直保持在3岁前的状态。这类人，我们称之为开天眼，也称之为通灵人。因为他们看到的是多维世界。多维的世界不仅有过去和未来，还有灵魂。"

刘博讲了这么多，也都是铺垫，因为接下来的，才是"灵眸"交流系统的重点。

"我们经常说，眼睛是人类心灵的窗口，今天看来无比正确！眼睛是心灵的窗口，更是脑科学的核心之一。眼睛是我们平时交流的工具之一，只是以前我们没有系统地、分解化地去分析眼睛及眼神。应该说，表达愤怒时，我们的眼睛不仅睁得大，眼神也犹如喷着怒火！肯定一件事情时，我们的眼神是坚定的。我们可以发现，一个人撒谎时，他的眼神是游离的。

"这些表象，仅仅是眼睛可以看出来的，也是大家都知道的。我们总结了不同民族、不同职业的人眼睛与眼神的变化，已经对人的眼睛与眼神变化做了大量的数据分析，并把眼神交流分成两个系统。

"一是把眼神变化的 1000 亿个数据格式化、分类化，形成'灵眸'系统的软件。二是把脑控、脑联与'灵眸'系统相结合，使人与人之间通过眼睛对视，瞬间把两个人之间想交流的问题、事情，从一个人的心智经眼神传到另一个人的心智，极大地提升了交流的效率。更为可贵的是，两个人的对眼交流，不仅仅是速度的提升，更是思想碰撞并迅速升华的过程。

"我们经过大量的试验，证明'灵眸'交流系统在人与人交流的过程中，交流的效率比传统的交流速度提高了 1000 倍！思想在交流中升华形成新思想的概率提高了 800 倍。

"人类的脑科学从脑机接口的里程碑开始到脑控、脑联。而今，'灵眸'交流系统则又把脑科学向前推进了一大步。可以这样讲，对眼交流系统的出现，将会真正地提升大脑的利用率，这个数字预计将从现在平均的 4% 提升到 7% 左右。

"今天我们将开启一个时代，一个脑科学加速的时代。预计在今后的 10 年中，产生的理论创新和科技创新，将远远超过过去的 200 年。

"最后，大屏幕上的这张是我的眼睛的照片，如果有试用'灵眸'交流系统的参会者，您可以看着我的眼睛。回忆从开始到现在，我的讲话内容，您只要一秒钟就可以完全知晓。

"我就讲这么多。接下来将举行'灵眸'交流系统的各洲使用权拍卖，请大家期待这个即将到来的未来。谢谢大家，再见！"

刘博讲完，从主讲台向左走了两步，对着台下鞠了一躬，然后走向后台。

现场掌声雷动，大家的鼓掌，并不单单是欢送刘博，更多的是为即将到来的未来而兴奋地鼓掌。

刘博演讲完，从大会议厅走向小会客室。

科德列夫、凯瑟琳、冯·恩斯正在聊着。看到刘博进来，三个人站起来分别与刘博握手并拥抱一下，表示祝贺。

四个人坐下后，服务员给刘博端过来一杯水，转身走了出去。

四个人相视一笑。"刘博先生，祝贺祝贺！'灵眸'交流系统是开创性的，完全出乎我们的预料。听完您的演讲，留给我们的只有震撼，只有敬佩！"

冯·恩斯对刘博说的不是恭维，而是真心话。特别是在日内瓦会议后，冯·恩斯认为，脑科学的创新已经接近了天花板。

"恩斯先生，多谢您的鼓励。'灵眸'交流系统已经成熟，关键看接下来的拍卖。拍卖越成功，市场化将会越好，而整个社会的智慧提高，将很快实现。"

刘博还是自认谨慎，到拍卖结束，也不会很久，结果出来，才可以松一口气。

"刘先生，您以前对我也保密，这有点说不过去。今天晚上给您个将功赎罪的机会，您接受吗？"

科德列夫也没有想到"灵眸"交流系统这次石破天惊，又怪刘博没有给他半点暗示，感到感情上有点小难过。

"行啊，科德列夫先生。您知道 H 国人的传统，少说、多做，所以您应该理解。不过，今晚我请客，请您三个人尽情地吃好、喝好。"

三个人这回笑的声音大了起来。

两个小时后，整个拍卖的情况传给了刘博。刘博当着他们三人的面念了起来：

"亚洲区的'灵眸'交流系统授权由普智集团拍得，出资 9800 亿元人民币。

"U 洲区授权由 U 洲智产集团拍得，出资 3500 亿美元。

"北美区由 NGL 科技集团拍得，出资 4000 亿美元。

"南美区由 NGL 科技集团拍得，出资 3300 亿美元。非洲区由 NGL 科技集团拍得，出资 3100 亿美元。

"大洋洲由 NGL 科技集团拍得，出资 1980 亿美元。

"网上拍卖总计 15880 亿美元又 9800 亿元人民币！其中 NGL 科技集团共把四个洲区收入囊中，共花费 12380 亿美元。

"我宣布，'灵眸交流系统'初战告捷，大获成功！"

18. 阳谋

在夏威夷附近的海上，马克的游轮"大帝一号"正在低速巡航。"大帝一号"长 300 米，宽 62 米，庞大的身躯与航空母舰相比也毫不逊色。

马克在恺撒包厢内，正和奥马品酒。宽大的包厢内装扮得金碧辉煌，各种摆饰恰到好处地衬托出主人的雄心壮志。特别是来自罗马帝国时期的一套将军铠甲，更让包厢充满了舍我其谁的气魄。

人工智能助手向马克汇报，赖文思的喷气客机刚在船上降落，马克点了一下头。一会儿工夫，赖文思便站在了包厢门口，轻轻地敲了三下门。

马克拉开门，同时给赖文思一个结结实实的拥抱。

"您来的时间刚好，也需要您来品酒。我们是休闲工作两不误。"

"这句话有道理，我喜欢这个包厢。豪华又带着战场的气息，当真是好男人不需要女人的最好注解。"

赖文思来过两次，对"大帝一号"尤为欣赏。上次回去后，按这里的设计标准，又对自己的游轮"南丁圣母号"进行了大装修。

赖文思与奥马握了握手，便躺坐在了沙发中。右手边小桌上的鸡尾酒，与他近在咫尺。

"三巨头到齐。今天我们直奔主题，谈完事情可以放心地玩，怎么样，二位？"

马克朝二人眨了眨眼睛。

赖文思与奥马点了点头，会心地一笑，一副洗耳恭听的样子。

"最近几件大事已经尘埃落定。首先是底特律与芝加哥惨案的水落石出，中情局成功地把贾麦德等人查出，并协同特种部队将其击毙。虽然他们感觉有我们的影子，却苦于毫无证据。通过这两个市的操纵来看，我们的科技确实已经可以比军队更加有力量。我们集团可以掌控除了亚洲大部分地方以外的其他各大洲。也就是说，我们具备了组建洲际联合政府的能力。

"第二件事情，'灵眸'交流系统的授权，我们也是除了亚洲和 U 洲外全部拿到了，这又可以提高我们的顶尖研发水平。

"但今天我要讲的是，我们需要重回 U 洲、重回亚洲。如果不能全面地掌控世界，那将是我们的懦弱和遗憾。

"第三件事，也是最重要的一件事，我们急需对所有民众完成心智鉴别，设置从一到九九个级别。政府首脑和商界巨头，为一级，依次下推。实行分级制以后，我们可以更有效地管理控制级别，来完成'清除计划'，只留下我们计划所需的最佳生态比率。

"二位，有什么建议？"

马克端起酒杯，等他们开口发言。

赖文思看了看奥马，坐直了身子。"马克，你说的三件事，都不是什么事。第一件事已经摆平，也为我们后期分级消除做了实验。第二件事，则有点意思。首先是我们的产品都要植入后门和基因待变因子，即使我们在脑联上不具备杀伤力，但一样能达到效果。另外，奥马负责的战略外联，现在可以试探一下，能不能成立非洲盟国。如果顺利，则是我们的第一步。"

赖文思说完，示意奥马谈非洲的情况。

奥马看了看马克，喝了一杯酒，权当壮胆。

"非洲是我们推行洲际治理最理想的开始地点，这是没有问题的。非洲各国的经济一直没有起色，特别是在智慧社会初期，他们的创新能力极低，可以忽略不计。各国领导人的焦虑感越来越重，只要保证他们的利益，走向洲治是顺理成章的事情。

"我的规划有三步：第一步，由共济会出面，与各国政治团体达成共识，使政治团体相信我们的洲治能让他们有最高的政治福利。有共济会背书，他们很快会同意的。

"第二步，让统一教对各国总统、前总统做一个游说，使总统与前总统成为洲治联盟的决策层，以此来形成统一的联盟。

"第三步，就是马克要担当洲盟的执行官，以 NGL 科技集团的脑联为利器，挟天子以令诸侯。而您，赖文思先生，则是洲盟的大总理，来推进洲盟的形成。

"我的三步走计划，如果前两步达不到预期，可以发动一次智慧一级的袭击，让他们停摆 1 个小时，估计事情很快就顺利了。"

奥马相当自负，也相当自傲。因为自负与自傲皆来自 NGL 科技集团强大的脑联控制。有了强大的脑联控制系统，则可以越过任何政府，直接管辖到任何一个人！

脑系统在非洲的植入使用率高达89%！这样一个数据，开始是谁都没有想到的。特别是在底特律、芝加哥灾难发生后，各国认识到绳索已经套在自己的脖子上，却也无能为力。

挟亿民以令政府。这种逼政危机，也只有奥马可以想到、办到，奥马有理由自傲。

"奥马负责没有问题，必要时可以治理下几个刺头。我们做到精准打击即可，千万不要让智慧一级的人，感觉到我们随时都可以灭了他们。这样会适得其反，会让他们抱了团、铁了心，反而成为阻力。毕竟，在他们的国家，以他们的影响力，在我们执政后，也还是需要他们来做执行层。这是基本规律，我们不能去打破。"

奥马与赖文思点头称好，举起酒杯与马克庆祝！

三个人又谈了一会儿，具体的执行时间，包括后备的 B 计划，各自团队的执行角色，等等。三人谈完事，举杯相碰，一口喝完酒，默契地走向各自的包房，享受一下放松的时刻。

如果大家认为他们是在密谋、是阴谋，那么大家就错了。真正的大人物只有阳谋，就如……

19. 全世界的 "911"

凯瑟琳早上醒来，看了一眼信息提示，竟然是一封来自 MT 国的电邮！电邮？好像有几年都不用了吧。凯瑟琳打开电邮，一遍还没有看完，就光着脚向刘博的家跑了过去。

刘博还没有起床，听到房门被砸得震天响！

这真不是敲门，是砸门，"咚！咚！咚！"……

刘博心生烦躁，什么人这么不开眼？清晨的觉最舒服不知道吗？何况大爷我凌晨忙完才睡着。

刘博不耐烦却又心疼房门，穿着睡衣快步走到门口，嘴里嘟囔着：

"来了，谁这么讨人嫌啊，敲门这么大力气！"

门一打开，凯瑟琳就推着刘博进了房间，刘博顺手一带，把房门关上。

"你穿这样出门，又是吊带又是……真是个疯婆子。"

刘博一看凯瑟琳的穿戴，这就是居家服。

"刘博，没时间跟你贫嘴，十万火急！你看邮件，你就明白了，而且要尽早采取措施，不然这场灾难远远超出我们的想象。"

凯瑟琳一脸的焦虑，同时把邮件转给刘博。

刘博看了一会儿，就惊叫了起来："天啊！这是要来一次全球的

'911'事件啊！啊，不，这是全球人口大毁灭！"

刘博强迫自己看完，手渐渐地抖了起来。

"凯瑟琳，这封邮件是谁发给你的？你什么时间看到的？"

"我的邮箱好几年不用了，今天早上收到提示，我一看内容，把我吓坏了。我没看完就跑过来找你，邮件的地址是第一次看到，估计是我原来的同事。"

凯瑟琳这时候才感到脚疼，一看脚，光着脚丫子。

"如果是真的，我必须马上上报，留给我们的时间不足 10 个小时。"

"我不懂你们的应急措施，你自己尽快决定。"

"好，我马上给王所长打电话，我们一起去研究所。"

"我回家去穿件衣服可以吗？"

"唉，忘了你这个疯婆子，穿这样就出门了。那我们兵分两路，你先换衣服，我们所里会合。"

"好，研究所见。"

"你等等，你的鞋都没有，先穿我的便鞋吧，回家洗洗脚。"

两个人飞也似的各忙各的。

二十分钟后，刘博与凯瑟琳来到了王所长的办公室。

王所长与驻所副院长、常务副所长三人，已经在等着他们。

刘博长话短说，把电邮的内容复述一遍，然后把凯瑟琳的电邮拿给他们，让他们看了看。

"副院长，这件事刻不容缓！底特律和芝加哥灾难就是预演，还请您向院长汇报，同时向最高领导人汇报。再迟些，我们的应急时间就不够了。"

王所长是技术派，深知邮件内容的事情一旦真正地实施，那对 H 国而言是不能承受之重！对全球而言，亦是世界末日。

副院长当即与院长联系。办公室视频显示屏接通时，副院长把情况做了一个简述，并把王所长的话重复了一遍。

"我明白，这样吧，你、王所长、刘博、凯瑟琳立刻赶到中院，然后到应急管理部报到。我马上向领导人汇报，你们在路上做应急预案，到中院前发给我，以便让领导人决策。"

"是，我们马上回中院。刘博原来有一个应急预案，我们利用路上的时间，再把预案完善一下，马上发给您。"

副院长向院长说完，回头安排专机，一行四人火速赶往机场。一路上刘博与王所长、凯瑟琳商量完善应急预案。副院长则专职协调专机及相关手续。

"王所长，我提几个建议吧：

"第一，建议两国领导人连线，把目前的情况向 MT 方做一个介绍，这样对 MT 国也尽了道义，让 MT 国特种部队去 NGL 科技集团把控制中心炸掉。同时，向联合国通报，但时间太紧了，估计程序没有走完，已经用完反应时间了。

"第二，我建议国内所有使用 NGL 科技集团的产品，立刻进行一下处理：1. 电动汽车都集中到郊区空旷地带停放，以防爆炸带来的危害。2. NGL 手机全部集中，也放到空旷地带，或者体育场。3. 凡是接受过植入脑机接口、脑系统的人，马上到就近的医院进行手术取出，这个刻不容缓！

　　"第三，我认为我国上空的 NGL 科技集团天链系统的卫星有几千颗，一次打掉不现实。我建议火箭军必须一次先打掉天链系统中的枢纽卫星，总计 120 颗。这样可以起到四两拨千斤的作用，用争取的几分钟时间，再把剩余的通信卫星打掉。

　　"我的三个建议，请王所长考虑、补充一下。我们尽快做出可操作的方案，时间剩下不到 8 个小时了。"

　　刘博的焦急，谁都明白。但事情要有解决方案，再到领导人同意实施，不是一句话就能从上到下的。

　　王所长考虑了一会儿，"刘博，你的方案没有问题，我们兵分两路，你看怎么样？

　　"第一步，凯瑟琳起草本次邮件内容的简介，附邮件。同时，把后果写明白，特别是给领导人看，要让领导人一看就懂，这样适合双方沟通解决问题。

　　"第二步，你的第二个和第三个建议率先发给院长，转交领导人和应急管理部、火箭军。

　　"第三步，我们要考虑最坏的后果，做好灾难发生后的清理及应对灾难后可能发生的疫情。这是底特律、芝加哥灾难后，该吸取的教训。

　　"第四步，到中院后，你和凯瑟琳迅速去火箭军总部，协助火箭军打掉天链的枢纽控制卫星和通信卫星。我去应急管理部，协助安排指挥措施。"

　　王所长的安排合理，三个人在飞机上完善应急预案和执行方案，同时与院长和多方开始对接。

　　一行四人来到中院后，直奔院长办公室。

"你们终于到了，发过来的应急预案和执行方案，领导人都批准了，但也要有应对突发情况的措施。按王所长的分工，王所长到应急管理部，协助赵部长迅速开展工作，把民众紧急疏散做好。

"刘博、凯瑟琳到火箭军总部，协助刘宏乐将军，切断天链系统的传输指挥功能，这是本次应急预案的重中之重。两国已经成功连线，但MT国的制度与我们相比，有很大的应急短板，希望MT国能做好。

"你们三个人抓紧时间，希望可以最大程度地降低灾难等级，我等你们平安回来，等你们的好消息！"

院长与他们握手后，他们迅速奔向新的工作岗位。

刘博与凯瑟琳赶到火箭军指挥中心时，刘宏乐将军和徐汇政委已经开始安排部署。见他们两人到来，两位将军过来打个招呼，然后把他们带到巨幅控制屏前。

"刘博士、凯瑟琳小姐二位好。我们已经把NGL科技集团天链系统在我国上空的120颗枢纽控制卫星的精确坐标全部标示完毕，从发射到摧毁天链枢纽卫星大约需要2分钟15秒。因为这120颗枢纽卫星分布在我国上空，我们火箭军需要在全国各地进行同一时间的打击，确保一击即中。现在部分偏远地区的战术机动部队正在行军中，预计还有4个小时到达指定位置。"

刘宏乐将军介绍完，并对巨幅控制屏中的红点，做了介绍，"另外，我们火箭军做了一个预案。NGL科技集团的天链系统在我国上空的几千颗通信卫星，其坐标图也全部标示完毕。最高领导人要求不惜一切代价，保障人民群众的生命和财产安全。我们火箭军责无旁贷，只是这几千颗卫星的分布太广泛，我们正在加快布置紧急预案，正在和死神抢时间。"

徐汇政委做了补充，同时显示屏上 NGL 科技集团的天链系统的几千颗低轨通信卫星，以绿色的亮点在屏幕的各个地方均匀地分布。就像是一个个网点，而在绿色的网点里面，中心位置又分布着红点的枢纽控制卫星。

"关键时刻，还是要军队出手，一击定乾坤啊！我和凯瑟琳过来，主要是帮助分析天链系统的信号传输和指令变化。请两位将军把有关天链卫星传输控制系统的侦测资讯链接给我们。希望我们得到的情报是真的，我们的控制更要精准。"

刘博牢记院长的指示，要注意突发情况，那就必须随时掌控天链卫星与枢纽卫星之间的指令集变化，为火箭军提供准确的情报。

与刘博和凯瑟琳的情况相反，王所长赶到应急管理部时，才知道真正的应急管理有多忙，工作节奏有多快。

抢时间！！！

应急管理部长陈浩东带王所长来到指挥中心，半个指挥中心都是屏幕，显示各省、各市指挥中心相连的视频。

"我们应急管理部有多种预案，恰恰没有这种脑系统全国性的突发预案。根据您的要求，我也直接下发到各省、各市，再由各市下发到社区。您还有没有具体的、更有效的方式方法？"

陈部长对事情和指挥部有过研究，为了降低损失，所有市内的 NGL 科技集团的产品，由各居民委员会收集。居民委员会对电子产品贴上各主人的姓名和联系方式，然后由街道办事处统一运往体育场，这样的工作确实让人放心，更高效。

"来的路上，我和所里的同志也做了分析。虽然我们没有处理紧急事件的经验，但我们可以在最大程度上降低风险。电动汽车的危害最大，爆炸会引起火灾，将电动汽车行驶到郊区露天存放是最可取的。相信这个预案，您已经开始发布相关措施了。"

陈部长令指挥中心的操作员查看各省各市的视频。

屏幕上的交通顺畅，指挥得当。原来应急管理部下令，从现在起10个小时内，只准电动汽车上路，驶向郊区。其他的汽油车、柴油车一律停驶，市区内只有极少的公共车辆和特种车辆。

这样一来，使得工作进展比预想的顺利。

"还有一点，国内凡是植入过 NGL 科技集团脑机接口和脑联系统的人，统计总数和医院手术取出时间，做过预案没有？"

王所长的这个问题，让陈部长的表情严肃了起来。"国内植入 NGL 科技集团脑机接口及相关产品的人高达 1 亿人！而手术取出一人的脑机产品，需要半个小时。所有医院现在全力以赴地加快手术取出的行动。我已经与解放军总医院协商，各军区医院已经全面对市民开放，极大地加快了手术取出的进度。您看各省区医院的视频，人满为患！幸亏我们还没有详细地说明这件事，不然各医院会引起骚乱。"

"到预定时间，还有 5 个小时，您预计会取出多少人次？"

王所长是打破砂锅问到底啊。

"预计 4000 万左右，这已经是尽最大努力了。全国所有的医院手术台上全部是取出手术，别的手术全部停止了，这已经是最大努力了。"

陈部长神色有点黯然。

"尽人事、听天命吧。希望火箭军可以顺利地打掉天链系统的枢纽卫星和通信卫星，来阻止这场浩劫吧。"

王所长说完，又在操作员的指引下，查看各省各市医院内的视频，期望出现奇迹。

火箭军指挥部内，屏幕上显示的倒计时还有 3 小时 49 分。

各省区部队陆续发来报告：

"报告，火箭军东部战区到达指定位置，做好发射准备。""报告，火箭军南部战区到达指定位置，做好发射准备。""报告，火箭军中部战区到达指定位置，做好发射准备。""报告，火箭军西部战区到达指定位置，做好发射准备。""报告，火箭军北部战区到达指定位置，做好发射准备。"

火箭军司令员刘宏乐下达命令：

"保持发射状态，待命！"

"是！"

"是！"

"是！"

"是！"

"是！"

发射时机很关键！

发射早了，在 H 国周边的天链卫星可以游离原位置，向 H 国上空补位！更会让他们的计划提前实施，那样留给全球的时间就更短了。

"刘司令员，我建议把发射时间定在倒计时最后 10 分钟时。对我国上空的天链系统的几千颗低轨通信卫星，将打击时间提前，以备不测。同时建议在我国周边上空 200 公里以内的天链卫星完成坐标测定，必要时一并摧毁，确保我国人民的生命安全。"

刘博深知天链系统与脑联的意义，更担心诸多的不可控因素，所以提出了上述建议。

"刘博士，您的建议很好。不过，如果境外 200 公里内的卫星都要算上，我们的打击目标又增加 400 个。也就是说，我们在打击 120 颗枢纽卫星的同时，在几千颗低轨通信卫星的基础上又增加 400 颗。"

"难度大吗？"

刘博担心地问道。

"打击作战目标不难，难的是同时摧毁这么多的目标，前后时差不大于 20 秒。这需要充分的准备。现在离零点还有 3.5 小时，扣除最后的 10 分钟，我们还有 3 小时 20 分钟。您在这里等等，我去下命令，把 H 国周边 200 公里内的天链卫星都包括在作战计划之内，希望将风险降到最低。"

"刘司令员您忙，我和凯瑟琳检测天链枢纽卫星的指令，如有变化，我马上向您汇报。"

"好，拜托了。"

刘宏乐将军阔步走了出去。

"凯瑟琳，你有没有预感，马克为什么提前执行清除计划？如果我们这里有异动，马克知晓后会不会把时间提前？"

"很难讲。马克的性格隐忍，又深藏不露。虽然清除计划比原来提前了，但如你所说，他如果通过天链系统察觉到 H 国的异动，肯定会把时间提前的。"

凯瑟琳一脸忧郁。

"糟了，凯瑟琳，你的大脑也植入了脑机接口和脑联系统，还没有手术摘除。这个大事，让我忘了。"

刘博说完，马上让指挥中心派一名军人，陪同凯瑟琳赶往应急医院。

"刘博，我应该没事吧?"

凯瑟琳小声地问。

"不怕一万，就怕万一。你必须马上去手术摘除，这件事没有商量的余地。"

刘博说得很坚决，不容讨论。

凯瑟琳低下了头，点了点头。

"好吧，我马上去。你自己多注意指令集，如果枢纽卫星有指令集变化，尽快向刘司令员报告。"

"你就放心吧，我们的心在一起。"

刘博拥抱了一下凯瑟琳，拍了拍她的肩膀，让一个军人陪她去火箭军总医院。

"报告，天链枢纽卫星开始机动。"

指挥中心的工作人员开始对大屏的卫星坐标移动格外紧张，同时把情况报告刘宏乐、徐汇。

刘宏乐和徐汇快步来到指挥中心，看着屏幕上的卫星坐标变化，神情比较沉重。

"观测员，枢纽卫星的位置变化是什么时间开始的?"

"报告司令员，枢纽卫星于 10 分钟前，开始做抛物线状移动，目前还没有停止的迹象。"

"刘司令员，天链枢纽卫星的位置机动，说明马克发现我们的意图了，我可以这样理解吧?"

刘博清楚，枢纽卫星机动，就是为了逃避打击!

"刘博士，您的理解是对的。天链卫星在太空可以机动，但都有规律。这次机动的时间早早地提前了，应该是为了规避打击。"

刘宏乐说完，与徐汇对视了一眼。

"您下命令吧!"

徐汇非常了解这位老搭档。

"好。命令火箭军各战区部队，锁定的天链枢纽卫星，做好坐标预判，在最短的时间内将其击毁! 天链低轨卫星目前没有机动，坚决将其全部击毁。此命令 10 分钟后执行!"

刘宏乐让命令 10 分钟后执行，也是为了让火箭军准备更充分，做到战必胜!

刘博与观测员的信息一致。天链枢纽卫星向天链低轨卫星连续发出指令集，天链低轨卫星开始机动。

巨幅显示屏上的绿点有规则地机动了起来，刘博感到头"嗡"的一声，彻底慌了。

"报告司令员，枢纽卫星向天链低轨卫星发出指令集，所有的天链低轨卫星开始做有规律的机动，报告完毕。"

刘宏乐与徐汇也紧张起来。

毕竟机动中的卫星与静止的卫星，打击时的精确度明显不一样。在这生死存亡的情况下，容不得半点差错。

"命令火箭军各部队，准备时间完成后，必须一箭毙敌！发射后做好持续的目标指引。另外，做好第二波、第三波发射的准备。"

接着传来各战区的回答："坚决执行命令，一击毙敌！"

"坚决执行命令，一击毙敌！"

"坚决执行命令，一击毙敌！"

"坚决执行命令，一击毙敌！"

……

20. 向死而生

根据后来的数据对比，火箭军攻击的时间，比 NGL 天链卫星发送自毁清除计划指令集的时间早了 20 分钟！

灾难毫无征兆地发生了！

全球所有的 NGL 手机、电动汽车，在同一时间发生了大爆炸。瞬间，全球一片火海。熊熊的大火燃烧着附近一切可以燃烧的物质，更加大了火势，让蓝色的星球，表面变成了红色。

行驶在全球的 30 多亿辆 NGL 电动汽车发生的爆炸，让驾驶人身陷火海，难以逃生。全球的各级公路、停车场造成二次事故，引发的大火吞噬了一座又一座的城市！就像 30 亿枚炸弹，瞬间让天地黯然失色。

这个瞬间，无疑是属于死神的，但那些用 NGL 手持设备的人，则就没有这么幸运了。同样的大爆炸，造成的伤害则在不同的位置，头、胸、大腿，唯一一个相同的位置就是手！

残肢、断臂、破头。

在不同的场景相同的时间被爆，全世界一片哀号！爆炸后满地打滚，是瞬间最真实的反应。疼、哀号、呼叫，但这是活下来的特征，太多太多的人则是麻木不仁。

因为，脑死了！

全球的同一时间，全球的地狱！

脑死亡。

残肢断臂。

爆炸与火灾相生。

三重打击下，全球的炼狱，惨不忍睹……

刘博在指挥控制中心，观看着卫星传来的世界各地的实况视频。感觉这场完全没有人性的灾难，科技没有道德的约束，犹如打开的潘多拉魔盒，让世界灭亡是旦夕之间的事。

U洲各地的爆炸让经历了几个世纪的建筑化为灰烬，而仅有的森林，则成了长明的火海，浓烟遮日。

南北美洲、非洲、大洋洲概莫能外，无一遗漏，更是有过之而无不及。触目可及，尽是脑死人与烈火浓烟。死神在大地上飞翔，世间一片哀鸿。

忽然间，刘博想到了什么，不由得脸色大变，腾地站了起来，就往外跑。旁边的几个侦测员一脸茫然，这是发生了什么？

刘博跑出指挥控制中心，在院里要了一辆车，吩咐司机向火箭军总医院开去。

让刘博感到奇怪的是，离医院越近，车越多，渐渐地把路给堵了。

刘博在车上等了几分钟，见交通没有改善，车辆没有向前走的意思。索性下了车，吩咐司机回去，不用等他，并嘱咐司机注意安全。

刘博一边向医院慢跑，一边看身边经过的车，顿时明白了。

来医院的车，车内都有一个或者两个因NGL手持设备爆炸伤害的人。不断涌出的鲜血，染红了伤者的头、腿、手。哭泣的声音更是蔓延到了车外。

刘博跑到医院门口，看到医院里人满为患！

大部分人奔向了外科和急诊室。刘博问明白了脑科的位置，便向脑科跑去。

刚跑到脑科楼前，只看到连续不断的担架，抬着盖了白布的人体陆续走了出来，转向太平间的方向。

刘博的心，一下子紧张了起来，感到自己的汗毛都竖立起来，浑身上下起了一层鸡皮疙瘩。

刘博向服务台询问。

"您好先生，您可以上三楼咨询病人的具体情况，我们前台现在只接受因手术延时去世的人的问询。"

"我不知道她是生是死，所以想咨询一下。"

刘博的紧张没有缓解，反而加重了。

"请您上三楼吧，护士站那里可以查询今天所有的手术情况。刚才有很多人来查询，您不是第一个。"

"谢谢！"

刘博说完就向三楼跑去。

电梯按了没有反应，一部停在 10 楼，一部停在 22 楼。刘博已经等不及了，便奔向电梯左边的应急通道，爬楼梯上去。

由于爬楼梯有点快，说是三楼，可一楼是 6 米的层高，相当于爬了 4 层楼。刘博站在三楼楼梯口的时候，已经是气喘吁吁了。

"我得加强锻炼了，不锻炼，遇到紧急事情时身体真是不行啊。"

刘博抱怨自己，快步向护士站走去。

"您好，我想问一下有没有凯瑟琳手术的记录？"

"您好，稍等一下，我给您查一下。"

护士开始输入凯瑟琳的名字，结果出来了。

"先生您好，凯瑟琳是今天 3 号手术室最后一名做手术的病人。她现在在 12 室 36 号床，具体的情况您可以去看一看。"

"谢谢您，请问 12 室 36 号床怎么走？"

"您向右转，顺走廊到左边第 6 个房门，进去后最南边的病床就是。"

"谢谢、谢谢。"

刘博转身向前跑去。

到了，这就是 12 室。

刘博把病房门一推开，看到最南边的病床边上站了一群人，都是医院的工作人员。刘博当时就傻了，差一点倒下，赶紧握紧了病房的门把手。

缓了十来秒钟，病床前有个大夫向刘博看了过来。

"您是谁？要找哪位？如果您的家属不在这个病房，请您离开。"

"我找 36 号病床的凯瑟琳小姐，我是她的朋友。"

"噢。"

病床前的大夫和护士都回过头来看着刘博，刘博直直地走向病床。

看到刘博过来，大夫和护士让开一些，让刘博来到病床前。

凯瑟琳仰躺在病床上，脸色平静。

刘博伸手握住凯瑟琳的左手，感觉体温正常，心中便一宽，应该不会有事。

"请问大夫，凯瑟琳小姐的手术成功吗？"

"这位先生您好，凯瑟琳的手术很成功。只是……"

"只是什么？"刘博着急了。

"凯瑟琳小姐在 3 号手术台手术，当时我们做完她的手术时，袭击就发生了。没有做手术的人，都成了脑死人，而做完手术摘除的人，其他人都苏醒了。只有凯瑟琳小姐，还没有醒过来。"

大夫说得诚恳，话语中略带着歉意。

"噢，您的意思是手术很成功，但不确定凯瑟琳小姐的大脑是否受袭击的影响，对吧？"

"是的。因为受到袭击的准确时间我们不知道，在手术完成后，要进行下一例手术时，才知道其他没来得及做手术的病人都成了脑死人。凯瑟琳小姐在手术后，身体特征一直很正常，我们刚做了对凯瑟琳的全身检查，一切正常。"

"我明白了。大夫您的意思，就是我们再等等，看看病人是否是麻醉时间没有过去，或者说因人的体质不同，苏醒的时间也会有些差异，对吧？"

"先生，您的理解完全正确。"

"以刚才你们做的检查来看，她的大脑一切正常吗？"

"一切正常！所以我们才觉得奇怪。希望她尽快苏醒过来。"

"好吧。你们辛苦了，能让我和她单独待一会儿吗？"

"好，您是她的朋友，也算是家属。您来了，理应由您来陪护，有情况马上通知我们，我们都在医生值班室。"

医生和护士陆续地走出病房，闭上了房门。

刘博拉过一把椅子，坐在凯瑟琳的床头边，左手握着凯瑟琳的左手，右手抚摸着凯瑟琳的脸。

"凯瑟琳，你没事的。你看，你的身体体温正常、大脑正常，也还是那样漂亮。如果你睡够了，你就醒过来。"

刘博把凯瑟琳的左手举了起来，轻轻地吻了吻手背。又把凯瑟琳的手放到自己脸上，去感受凯瑟琳的气息。

一会儿放下，又一会儿拿起来。

"你知道吗？你睡觉的样子才温柔可爱。你以前是脑科学狂人，又得了诺奖，让人感觉你的强势、你的精干。今天才是你应该有的样子，一个美丽的小女人。还记得你上次来海南吗？我们和科德列夫喝酒，那天我们喝得有点多。当你拥抱着我的时候，那时我只当作是你们的礼仪，你是女人。而现在，才感觉女强人也有温柔乖顺的一面。"

刘博伸手摸了摸凯瑟琳的额头，依然如故，只是感觉凯瑟琳额头的皮肤嫩滑柔腻。

"凯瑟琳，我们都应该感谢你。如果你收到邮件后不理睬，那么，我们国家也会像其他国家一样，遇到大灾难。因为有你，我们的损失降到了最低。所以，你拯救了我们，我更相信，你也能够拯救你自己。"

刘博坐的椅子有点高，半弯着腰。时间久了就腰疼。他干脆站起来，走到病床南边，在凯瑟琳的病床上坐了下来。

"凯瑟琳，每个人都有与生俱来的使命，你也不例外。你的脑科学使命已经结束，而新的使命，也是你最伟大的使命，还在等着你来完成。我爸的《智经》，你是最合适的推动人与成就人。你一定要把《智经》推广开，让全世界的科学家、科研人员都有坚守的底线。让《智经》成为影响他们科研的道德底线，更要成为他们无害化科研文化的根基。

"人类科技水平越高，自我毁灭的时间越短、越快。而你的使命，将会成为人类智慧社会的保险锁。而你，也因为你的使命而名留青史。"

刘博说着，轻轻地吻了一下凯瑟琳的额头，然后坐回床头看着凯瑟琳。

"小伙子，你说得太复杂。这个外国女孩是你女朋友吗？"

刘博一看，是 35 号床的一个大姨，看来手术后恢复得不错。

"是我朋友，还不是女朋友。"

刘博忽然腼腆了起来，有点害羞得脸红。

"优秀的美女总是高傲的。你年龄也不小了，需要主动。更重要的是在她生病期间，好好照顾好她，肯定就能娶回家了。"

"还真是朋友，别的方面还没有考虑。毕竟我的身份、我的成就和她差得远。我现在只希望她尽快苏醒过来，因为还有很多的大事等着她去完成。"

"你个呆瓜，难道想做个钻石王老五？"

"肯定不会，姻缘要看缘分吧。"

"远在天边，近在眼前。没有感情，亲人家的额头干什么？口是心非的男人。"

阿姨见劝说不动刘博，竟然有点生气。

"阿姨，你别急。谁都想娶个好媳妇，但也得门当户对不是？"

刘博本想解释一下，话刚说完，却让阿姨火冒三丈。

"活该你单身！就和穿鞋一样，你不穿穿试试，你怎么知道不合适？本来是为了你好，希望你娶个外国美女，给 H 国人争争脸。你可好，烂泥扶不上墙。"

阿姨说完话，用手朝刘博挥手，结果出意外了。

阿姨打吊瓶时用了一个木挂，上面还有半瓶药水。她一挥手，碰到木挂，把木挂打得倒了下来，砸向凯瑟琳。

刘博一见木挂倒过来，伸右手挡住砸向凯瑟琳的木挂。但挡住了木挂，却没挡住药水瓶。塑料的药水瓶"砰"地砸中了凯瑟琳的额头！

"啊！"

凯瑟琳犹如噩梦初醒，睁开了眼睛。

"都怪你，要是砸坏了凯瑟琳，我饶不了你。"

刘博恶狠狠地对阿姨说了一句话，连阿姨的尊称都不叫了。

突然，刘博发现了什么。

"刚才是你喊的？"

"你醒了？"

刘博连着问了两句。

凯瑟琳看着他，又看了看临床的阿姨，"我在睡梦中听到有人吵吵，忽然被一个东西砸中，猛然就醒了。是什么东西砸了我的头？"

凯瑟琳又看了看，药水瓶还在床上，木挂刘博正举着，不觉莞尔一笑。

"你是英雄救美？"

听到凯瑟琳这样说，刘博红了脸。

"英雄救妹妹。幸好你醒过来了，让我担心这么久，可要记得欠我一个人情啊。"

"啥叫救妹妹，英雄救美就是救美。这么大个男人，连说真话都这么费劲。"

阿姨的插话，让刘博尴尬不已。

"阿姨，你说什么？刘博的脸，让你说得像红苹果，这可真难得。"

凯瑟琳笑着看着刘博，仰着头。

明眸皓齿！

刘博看着凯瑟琳，也是痴了。

"多配的一对，天赐良缘。"

阿姨说完，按响了应急呼叫。

"医生，我的药瓶倒了，抓紧过来。我的针管回血了。"

阿姨这一叫，把两个人惊醒了。

刘博赶紧起来，走到两个病床中间，把木挂放置好，又把药水瓶挂上。看了看阿姨的右手，血管上正插着针头，已经回血了。

"不严重，木挂摆好了，药水瓶挂好了。如果针头没有乱动，回血一会儿就好了。"

刘博对医学自然熟悉，安慰着阿姨。

"算你小子有良心，还懂得安慰人。"

阿姨的嘴可真是不饶人。

一个护士走了进来，"怎么了，35床？"

"刚才木挂架子倒了，我的针回血，刚摆好。"

护士走过来看了看她的右手，又调了调流速。

"应该没事，稍等不出血，不起泡，就没事了。"

护士一回头，看到凯瑟琳，"你醒了？我们刚才都很担心你呢。我先去和梁主任、张大夫说一声。"

说完就跑了出去。

刘博和凯瑟琳还没说几句话。梁主任和张大夫，还有刚才那个护士就走了进来。

"凯瑟琳小姐您好，很高兴您醒了过来。看来您的状态很好，我们终于放心了。"

梁主任说话时看了看刘博，"您是刘博士？"

"我是刘博。"

"领导说你们两个挽救了半个 H 国，我们都尽力了。凯瑟琳醒了，我们的任务算是完成了。另外，凯瑟琳的手术创口小，在医院打消炎药留观两天，就可以出院了。"

梁主任说着，和凯瑟琳、刘博逐一握手。

"多谢梁主任，给您添麻烦了。"

"你们客气了，应该的。病人刚醒，从体征上看，可能是心理略有疲劳，请凯瑟琳小姐多休息。我们先去外科帮忙，有事情让护士转告我。"

"好的，谢谢您了。"

刘博与梁主任、张大夫握手表示感谢，并送出病房。之后走回来，看着凯瑟琳笑了。

"你笑什么？"

"我是高兴，幸好有你的邮件，让我的国家避免了一次浩劫。虽然損失也很大，但和全球其他国家相比，我们已经很幸运了。也希望你早点出院，很多事情等着我们去做。另外，问你一个问题。"

"噢，什么问题？"

"刚才大夫说你的心理疲劳，是导致这次术后苏醒慢的原因，你认为呢？"

"我认为？就是多睡了一会儿而已，至于这么大惊小怪吗？"

"肯定不是，是不是上两次的事情，让你的心理健康透支了？要不要去看心理医生？"

"切，请什么心理医生？这次全世界的灾难，虽然我不能一一目睹，但也料想无差。这样的灾难，我也都能承受，更感到推出《智经》刻不容缓了。我的心理依然完全健康。因为，我有我的新使命。"

凯瑟琳的话，反而让刘博感慨万千。

"好吧，等你出院后，如果没有重大事情，我们先回 Q 市，把《智经》的推出做好谋划。"

"我更想早些出院，没办法，大夫让我休息两天，那就休息两天吧。哎，我感觉我饿了，怎么办？"

"能怎么办？我去餐厅给你买饭。你想吃什么？"

"比萨或者意大利面吧，今天想吃了。"

"阿弥陀佛，这里是军医院。你说的可不一定有，只能祈求你有好运吧。"

刘博抱了一下凯瑟琳，就去了餐厅。

三天后，凯瑟琳出院，刘博和她回到 Q 市的家中。

刘博老妈和老爷子高兴得有点过头，总是围着凯瑟琳转。水果、绿茶，又问家庭，等等。既像是讨好一个好孩子，又像是一个查户口的，弄得刘博有点尴尬。刘博找个借口，就出去找发小喝酒去了，也该放松一下了。

刘博晚上9点多回到家，一进门，就闻到老妈做菜那熟悉的味道，看来他们刚吃饭。

刘博在门口换好鞋，来到餐厅，看到爸妈和凯瑟琳正在举杯。

"你们还有没有我这个儿子？真是太偏心了。"

刘博嘟囔着，挨着凯瑟琳坐下。

"叔叔和阿姨做的菜很棒，这是我吃过的最香的菜。你尝尝海参汤，是很鲜香。"

凯瑟琳给刘博盛了一碗汤，端过来。

"哎，人比人得死，货比货得扔啊！"

刘博一边感慨，一边喝了一口啤酒。

"刘博，你看你，回来一次还这么多的牢骚，这样可对身体不好。"

老妈一看刘博，就知道他是故意的，所以也撑刘博。

老爷子更是乐哈哈的，坐山观虎斗。

"老爸，您别光笑。今天有衣钵传人了？得祝贺一下，来干杯！"

刘博与老爷子一碰杯，就干了一杯。

言归正传。

"老爸，我给您带来的学生怎么样？"

"挺好，比你强多了。其一是身份，女性做这项工作，亲和力强，犹如圣母玛利亚。其二呢，诺奖得主，这是硬实力。其三呢，就是经历

216

过自己一手建立起来的、却毁灭那么多人的灾难后的开悟。这三者合一，就是她的本性。这些，你具备吗？"

老爷子真是一针见血，也是实话实说。幸好刘博早已认为凯瑟琳是最佳人选，但面子还是有点挺不住。

"嗯，还是外来的和尚会念经啊。这么说，我还多了个师姐呢？"

刘博的话说完，老妈作势要打。

"让你口无遮拦，还是不成熟。"

"老妈，怎么才算成熟？老爸可是很熟哈。"

"小子，你别战火东引。我在你这个年龄，早和你妈结婚了，已经有你了。"

"就是，那时候，你已经一周岁了。你可倒好，还是单身狗，不知道是不是黄金圣斗士？"

老妈取笑刘博，她好久没有这么开心了。刘博回家是喜事，谁的父母不喜欢看到自己的孩子？看到一起回家的凯瑟琳，不仅是科研狂人、诺奖得主之一，更重要的是漂亮与知性合一，关键是很懂礼节。

"刘斗士，可是有骨气的。时代不一样，每下一代，晚育一两岁、三四岁，这是正常的。这是有数据统计的。"

刘博自然知道数据分析是真的，但感性上，父母和自己的立场肯定不一样。

"管数据，能管出儿子来？别动不动就是数据，数据能决定一切？"

"老妈，您这不是抬杠吗？数据分析每下一代人，晚婚晚育是正常的，晚几年而已。"

"别人我不管，数据分析到你的，你自己先说说，怎不分析自己？"

老妈得理不饶人，步步紧逼。

刘博向老爸投去求救的眼神。

"别看我，你们继续。我今天高兴，上次和凯瑟琳聊过，但没见面。今天你带她回家，给你记首功，《智经》后继有人了。"

老爷子说完，端起酒杯，和刘博一碰杯。

干了！

"你们的家事我不懂，我要不要回避一下？"

凯瑟琳话一说出口，又感觉不妥当。

"我的意思是，刘博回家一次不容易，最好别训他，我怕他下次不带我回来。而且，在我的国家，高智人群的平均婚育年龄确实比普通人晚 6—15 年。一个人要想出成绩，家庭确实会让人分散精力的。这一点，阿姨也要理解。"

"理解，再优秀的人，也得有传承，也要有婚姻生孩子吧？我们也不是逼婚，而是想趁我们身体好的时候，还能帮他带带孩子，分担他的家务。"

"理解，这是 H 国文化的一部分，也是亲情的传承，这是与我们最大的不同。"

这时老爷子插话了："社会制度不同，是导致家庭、亲情关系紧密与松散的原因。H 国的儒家推崇的父子、君臣就包含了很多。而你的国度，则无传统及文化传统，所以以制度、以《圣经》为主线，虽然起点高，但也有虚空与断层的一面。"

"老爸，我们吃饭呢。别搞得这么学术好吗？反正您的亲传大弟子也不会跑，我都给您带回来了。再说，《智经》也是对未来社会人们日常行为规范的一个……"

刘博一睁眼，上午的阳光照着他，有点晃眼。一看时间，已经 9 点多了。

糟了，肯定是昨晚喝多了！

洗漱完换好衣服，刚要出门，电话响了。

"王所长您好，有什么指示？"

"前几天发生的灾难，所有的资讯总结，你看一下，尽快回所工作。我在应急管理部帮忙走不开，我已经请示院长，你回所里代理所长的工作。"

"这么急，我刚想休假。好吧，我先看资料。"

"看完后，如果没有特殊情况，下午回所，刻不容缓。"

"好的，王所长。"

刘博打完电话，又回到房间，在床头坐下，看起了传来的数据资料。

由于向逝者表示哀悼，今天的文件用黑底白字，让人感觉到悲痛和压抑。但灾难的程度远远超出了刘博的想象！

因脑死人与爆炸造成的死亡，占了国内人口的 1/20。

各类受伤的人占了总人数的 1/10。

各类财产损失近 1000 万亿……

刘博明白王所长在应急管理部有多忙了。死亡人数比例让刘博纠结，这还是在做了大量应急工作的情况下，否则有亡国之险啊。

而 U 洲总人口仅剩 3000 万人。

美洲总人口仅剩 1700 万人。

非洲总人口仅剩 400 万人。

大洋洲人口仅剩 70 万人。

亚洲除 H 国外，总人口仅剩 5170 万人。

仅仅这些数字，或许让你感觉不到什么。但刘博深知，除 H 国外，各洲事实上已经无法独立生存了。灾难过后，马上面临的是大疫情！

去世的人不能及时火化或者掩埋，加上养殖的禽畜也会在几天后死亡殆尽，形成疫源。如此循环，城市已然没有生机。仅有的人们，会逐步聚集在有核电厂供电的区域内，暂时重建。

各大洲、各城市已经成为鬼城。幸存人口也仅仅是活着，处于饥饿、疾病、茫然的状态。仅存的政府工作人员，全世界询问各国的情况，得知 H 国的情况后，纷纷请求 H 国给予援助，刻不容缓。

刘博关闭文件，不觉间泪水流到了下颌上。

"咚、咚、咚。"

三声敲门响后，凯瑟琳推门进来。

刘博赶紧擦了一把脸，但是眼睛还是红红的。

"刘博，你干吗呢？你哭了？"

"没哭，我一个大男人哭什么？刚才看了这次世界性灾难的数据统计。虽然在我的国家，在我家还是一个世外桃源，还可以安然入睡。但地球的其他地方都变了，各洲已经失去了独立生存的能力。

"NGL 科技集团的马克、奥马及赖文思等，也已经被 MT 国的特种部队悉数击杀。但这样太便宜他们了，仅仅是为了清除计划，导致全球人口骤减 65 亿人！真是人间的恶魔。"

刘博越说越激动，也是痛心疾首。

凯瑟琳走过来，双手抱着刘博的头。让刘博的头贴着她的胸腔，希望让刘博安静、冷静下来。

"我知道，世界的大灾难，亦使全球成为坟场。这是我的责任，但仅有悲痛是不够的。一切向前看。既然作为你父亲的学生，我会用余生来推广、普及《智经》，让人们的日常生活、科研、社会道德进入一个新的时代。唯有让人们的道德底线提高，并用诅咒来遏制贪念的产生，给世间一个保险。"

"凯瑟琳，让我站起来。"

凯瑟琳闻言，才松开了胳膊，让刘博站了起来。

"我接到通知，下午回研究所。出任代理所长，马上把所里的工作和管理担起来。中午和爸妈、你吃完饭，我就走。你安心在我家学习《智经》，与我爸多交流、多参悟。需要你上场的时间，马上就要到了。"

刘博说得郑重，倒让凯瑟琳笑了。

"事情再多，也要从头来做。我以前的都放下了，现在只有《智经》，所以才来找你。我今天早上收到《末日邮件》，犹豫到现在，我觉得还是交给你吧，有什么问题，你都能解决。我从现在开始，安心做一个圣母玛利亚。"

刘博盯着凯瑟琳的眼睛，看了一会儿。

"圣母都是有使命的，却也是要作出牺牲的。我希望你好好的，才能让使命完成。"

"我会的。"

凯瑟琳踮起脚，双手环抱着刘博的脖子，吻了上去。

21. 重开生门

刘博回到研究所后，工作繁杂。

灾难后的重建与恢复工作需要两到三年时间，但刘博对脑机接口、脑联动系统、灵眸交流系统的工作推进没有停留。人不能因噎废食，只是需要更有保障的脑科学。刘博召集李睿、田静等中层科研人员开会，对相关技术的关键点进行了方向性的定向。

刘博处理完毕日常的管理业务之外，当务之急是由中院转呈给国家最高领导人的建议，刘博根据《末日邮件》的内容，形成了一个解决方案，也就是这个建议。

刘博抬手写了一个标题：

《关于今后的全球治理与科研方向》

刘博写道：

……鉴于目前全球灾难的现状，特别是针对国外政府的援助请求，如果我国不提供必要的帮助，特别是向国外移民，那么，在可预见的几年内，国外的人口面临逐步消亡。

马克在启动"人口消减计划"时，将 H 国以外的人分为九级。智慧一级以上的人保留。灾难发生后，特别是欧美，已无独立生存的能力。因为除了智力一级寥寥无几的部分人以外，绝大多数是 70 岁以上的老人和部分 3 岁以下的孩子。这样的人口构成的国家，已经失去了社会运营所需的基本条件。再加上灾难发生后逐渐蔓延的瘟疫，可以预见这些死里逃生的人们，又面临新的生死存亡。

灾难造成城市人口死亡殆尽，剩余不多的农村人口，应用生产机械尚可，但对城市大型设施却束手无策。不会制造，更不会创造，尤其对原理、理论知识，知之甚少。这将造成在灾难后，农村人口对能源、电力、机器的无管理状态。在自然消耗后，一夜返回原始社会的主因，人类创造的文明，却也随时间的流逝，偶留遗迹。

但人类就是人类，亦可以从原始社会重新演进，而不是重复从猿、现代智人到人的进化。幸好有 H 国脑科学的独成一体和措施得当，使人类避免了刀耕火种的轮回，却也元气大伤。

根据社会模型估算，除南美洲以外，H 国需要向 U 洲移民 1 亿人、向非洲移民 2000 万人、向大洋洲移民 1000 万人，才能很好地恢复社会生产和运营。而移民中以中青年为主，这样可以改善当地人口年龄结构，并与各国残存的精英团体形成共生。

建议与各国残存精英团体成立以 H 国主导的联合政府，形成多民族、多种族、多文化形态的融合社会。为了加强各种族之间的共识，建议废除源于农业社会的各类宗教，统一信仰智慧社会的《智经》。

《智经》的初心，是为脑科学及科学研发加上一道保险锁——人类的科技永远不伤害人！人类科学的发展不能以自相残杀为基础。联合政权的成立，亦标志着大规模杀伤性武器的研发成为了历史。军队系统要接管全球的武器库，又要面临大规模的裁员，部分裁减部队转入新组建的空天部队。

《智经》的普及与救援、移民一样刻不容缓。倡导一个智慧社会的软件标准。这次灾难的教训表明，当前更是到了放弃农业社会宗教的时刻。因为大灾难时，上帝没有制止恶魔，更没有派来诺亚方舟……

刘博起草完建议，检查两遍确保没有明显的失误后，发给了王所长，并拨通了王所长的电话。

"喂，王所长您好，知道您很忙，但也要打扰您一下，向您汇报工作的事情。"

"刘博，你说，我听着呢。"

"王所长，我写了个建议，发给您了。您看一下，如果没有问题，我再转呈院长。"

"好，我一会儿看。手边有事，太忙了，你转呈院长就行。另外，如果是所里的事务，以后你直接找院长，这样沟通和工作更有成效。"

"习惯了向您请示，这也是组织程序。我准备在所里开一个会，对《末日邮件》的几个核心点，做一个探讨研究，您有什么指示？"

"刘博，以后所里的工作你自己定夺！向你透个底，我最近将正式到应急管理部就职，任常务副部长，为的是加强应急管理部在智慧社会时期的科技突发事件预判。而你，也将在近期正式被任命为所长。所以，你要学会单飞啊。我们俩抽时间做一个工作交接，这样也就走完程序了。"

"王所长，您说的是真的假的？我一时转不过来。"

"是真的，上次你的科研灵眸交流系统，已经证明了你的脑科学方向是对的，凯瑟琳送你的礼物帮助了我们。我们在智慧社会的独立自主路线是对的，而这方面是你的成绩。虽然《末日邮件》我不知道具体内容，但你写的建议，我估计是有启发的。"

"王所长，《末日邮件》解密了一些真相，但也不能全信。比如，谁设计人类大脑和马克身份之谜，这两个核心问题，是需要在未来才能解释的。而我们需要根据现在的科技水平条件，为争取一个新的突破做准备。

"嗯，你成长得很快，做事需要胆大心细。大胆假设、大胆规划、细心落实。我这里有事比较急，抽空和你做工作交接时再谈。"

"好的，王所长您先忙，恭候副部长回所里指导工作。"

"你小子，狗嘴里吐不出象牙，不能乱叫，组织的制度你明白。我挂了，你好自为之。"

"遵从教诲！"

刘博挂了电话。

所里的会议室很大，但今天到的人却不多，细看才知道，这都是主任级以上的来开会。

李睿已经是脑联部主任，原主任回中院任职。

田静任灵眸交流系统部主任。

王增海任 AI 部主任。

今天另有两位副所长出席会议。

"今天开这个会，主要有两件事情。第一件事情是脑科学的发展路径，特别是在这次灾难发生后，让我更有一个清醒的认识。第二件事情是灾难前过度的消耗，地球的能源危机也随之而来，即使科技高度发达，也面临着无米之炊的困境。我对大家不卖关子了，在灾难发生后，凯瑟琳的邮箱收到一封《末日邮件》。凯瑟琳看到后决定不管这类事情，所以，这封《末日邮件》的内容和事由，就是我们研究所未来几年的主要事情。回到第一个议题，我先抛砖引玉。"

刘博站起来，打开邮件的一部分，做展示。

"人，如果是高级智慧生物制造的生物智能体，大家会怎么想？

"人类可以做人工智能，那么高级智慧生物亦能。制造生物智能体，人类会不会是高级智能生物制造的智慧智能体？

"大家都知道，人类的大脑利用率一直在3%到5%左右。这也是脑科学需要加快发展的主因，并在觉醒中探索起源与未来。

"人类的进化是演进，而演进的路径却受到操控。那所谓的外星人，即为高级智慧生物，并不一定是外星的。而是以我们察觉不到的形式，远远早于人类而生活在地球上，犹如人类观察蚂蚁。

"我有个大胆的假设，人类的大脑利用率达到10%时，我们就可以走出太阳系。如果人类的大脑利用率达到40%，可以在银河系内畅游。如果人类可以做到全脑利用，我想，我们就知道宇宙的真相了。

"我们设定人的大脑，是一部超级电脑，需要不断地升级软件。地球版、太阳系版、银河系版、宇宙版等等。只要进入更广泛的软件升级，人的大脑就会升级并提高。人脑潜力无穷，不需要人工智能，而是需要升级和智人化。"

刘博讲完，回到座位坐下，显示屏也回到静默状态。刘博端起茶杯喝了口水，静等大家发言。

李睿站了起来，"刘所长，我想说几句。我一直在做脑科学研究，也对脑科学的未来有过设想，但和您今天的发言一比，简直就是小巫见大巫了。但仔细想想您的发言，逻辑确实讲得通。人的造物主是谁？马克的身世之谜，确实不是我们现在能解释的。《末日邮件》的特殊性、真实性不容怀疑。那么，我们只能沿着这个逻辑往前走了。"

李睿的发言与田静不谋而合。

"李睿说得对。刘所长的脑科学路径没错，我们只要对技术的实现点攻关即可。通过这次灾难，也检验了我们自己生产的脑机与脑联是安全的。特别是灵眸交流系统的开发，更是加快了脑科学的发展。刘所长刚回来时就说过，我们不能因噎废食。希望通过三到五年，我想10%的脑利用率或许可以实现。"

王增海见两位主任发言，自己也不能落后，特别是在人工智能方面，这就是大脑的影子，而且话题也接近。

"从历史的发展来看，当人的大脑利用率不高或者停滞时，人工智能就成为人类智慧的影子，从而代替很多人类的工作。MT国人提出了奇点理论，也是基于这一个情况，从而做出的预测。现在看来，奇点理论成了一个假设。"

刘博一看他们很活跃，也就接上话题。

"王主任说得没错，在人类大脑利用率徘徊不前时，奇点理论是成立的。可惜的是，他想用人工智能替代人脑进化提升的方式，终究是落空了。当然最好的办法，就是进行全脑开发。只有进行全脑开发的脑科学研究布局，才是人类的未来。

"我这个想法可能有些大胆。因为我想起我们老祖宗的一句名言：许上等愿、做中等人、享下等福。大家明白我的意思吧?"

两个副所长和三个主任笑了起来。

"司马昭之心，路人皆知。"

李睿的这句话接得恰是时候。

刘博也就放心了，大家理解一致，工作开展才顺利。统一共识的目的达到了，那就进行下一个议题。

"这个议题到此为止，会后各部门制订相应的计划。有什么问题，可以直接找两位副所长解决。我们进入下一个议题。

"马克的人口消除计划并不是空穴来风。灾难发生前，地球能源的过度消耗，能源危机已经到来。我们只有通过脑科学发展带动科技创新的飞跃，从而实现一个新的计划，这个新的计划将是一系列计划的开端。"

刘博停了一下，重新组织语言，怕出意外。

"月球上有大量的氦-3，只有获得大量的氦-3，用于清洁核聚变产生能源，才是解决地球能源危机的最优方法。"

"头，你不会说，我们组建宇宙飞船舰队，到月球进行采矿吧?"

李睿对刘博的称呼变了，这是从顶牛到尊敬啊!

"宇宙飞船的制造、发射与运输，本身就耗费太多资源。从这方面来讲，是得不偿失。我写给领导人的建议中，唯独对南北美洲的援助没有提，我是想思考成熟后再提。

"我原计划有两个因素：一个是地球的运转速度越来越慢，长此以往，地球上的所有生态都会发生变化；二是所有行星的卫星，都有可能是宇宙间可以穿梭的超级飞船。也只有用行星的卫星作为宇宙飞船时，才可以真正地在宇宙中穿梭，成为名副其实的宇宙飞船。"

在座的都面面相觑，愣了。

刘博看大家的表情，就知道这次议题跨度有点大。因为大家的全才没有问题，专业度更佳。大家不是天文学家，所以暂时不理解也正常。

"大家想知道吗？我建议把南北美洲上的人口移民 H 国，这是成本最低的方案。同时，把南北美洲与月球互换，这样就可以解决两个问题：地球转速的提速与解除能源危机，同时为星际旅行埋下伏笔。"

这时，大家才转过弯来。

只是难度太大，不会是痴人说梦吧。

"刘所长，您的这个计划，叫什么名字？"

田静也很震惊，但她认为，一个计划只要师出有名，也就成功了一半。

刘博看着田静，一字一句地说："偷　月　计　划！"

后　　记

我想写科幻小说，不是一年两年了，从有这个想法开始，科幻小说写作的种子便在我的心中发芽并野蛮生长了。直到第一部科幻小说《睿乘密码》出版，已经过了四年的时间。

2019 年，我就开始规划科幻小说的写作。因为当时忙于经管书的写作出版，就把科幻小说的写作计划拖后了，谁知一拖就是三年。2022 年，我推掉农业题材的约稿，静下心来，把我要写的科幻小说进行了定位与规划。

我对科幻小说的定位，那就是写好科幻小说，而不是玄幻、神幻或者穿越。因为我本身是 H 国发明协会会员，对物理理论引发的发明创新比较热衷，所以我对未来科技的社会场景做展望，对未来科技社会面临的风险做预测，这就是我写科幻小说的基础。

我对科幻小说的写作规划是先写科幻四部曲，即《睿乘密码》《偷月计划》《末日决战》《飞向星际》四部科幻小说。这四部是不同时期不同类型的科幻小说，但是主角人物都相同。如果按时间顺序，即下一部是上一部的延续，也是科幻小说的发展主线路径。

我对科幻小说写作的定位与规划完成后，随即对科幻小说四部曲的第一部科幻小说《睿乘密码》拟订了写作大纲。从 2022 年 4 月开始写作，并于 2022 年 11 月完成初稿。初稿完成后，打印样书、校对。自己也在校对过程中，对原稿进行润色，并最终定稿。

从心理和情理上讲，这是我的第一部科幻小说，亦是我的第一部文学作品。我本来是写经管类书籍的理性思维，但是第一部科幻小说的创作，对我来说是一个很大的转变，也就是从理性思维到感性思维的一个写作转型。当然，我今后的写作领域也从一个变成了两个，那就是经管与文学。在这两个写作领域之间转换，我不知道是会相互促进，还是会相互消减，只能通过今后的作品来证明了。

自 2022 年 12 月，我开始写科幻四部曲的第二部《偷月计划》，并于 2023 年 9 月底完稿。对于现阶段的我而言，写科幻小说是幸福的，更是幸运的。《睿乘密码》是我写科幻小说的开始，或许水平不高，但每一部都会越来越成熟。《睿乘密码》是初始、是初萌，却承载了我写科幻类作品的启航与向未来科技的新征程。